13 À TABLE !
2019

Philippe BESSON - Françoise BOURDIN
Maxime CHATTAM - François D'EPENOUX
Éric GIACOMETTI - Karine GIEBEL
Philippe JAENADA - Alexandra LAPIERRE
Agnès MARTIN-LUGAND
Véronique OVALDÉ - Romain PUÉRTOLAS
Jacques RAVENNE - Tatiana DE ROSNAY
Leïla SLIMANI - Alice ZENITER

13 À TABLE !

2019

NOUVELLES

Pocket, une marque d'Univers Poche,
est un éditeur qui s'engage pour la préservation
de l'environnement et qui utilise du papier fabriqué
à partir de bois provenant de forêts gérées
de manière responsable.

Le Code de la propriété intellectuelle n'autorisant, aux termes de l'article
L. 122-5, 2° et 3° a, d'une part, que les « copies ou reproductions stricte-
ment réservées à l'usage privé du copiste et non destinées à une utilisation
collective » et, d'autre part, que les analyses et les courtes citations dans
un but d'exemple et d'illustration, « toute représentation ou reproduction
intégrale ou partielle faite sans le consentement de l'auteur ou de ses
ayants droit ou ayants cause est illicite » (art. L. 122-4).
Cette représentation ou reproduction, par quelque procédé que ce soit,
constituerait donc une contrefaçon, sanctionnée par les articles L. 335-2
et suivants du Code de la propriété intellectuelle.

© 2018, Pocket, un département d'Univers Poche.
ISBN : 978-2-266-28641-1
Dépôt légal : novembre 2018

À Véronique Colucci

Chers lecteurs,

Avec toute la chaîne du livre « 13 à table ! », de l'écriture jusqu'à la fabrication, l'édition, la distribution... et vous-mêmes, les acheteurs, ce sont, grâce aux quatre premières éditions, 3,4 millions de repas en plus que les Restos ont pu distribuer à ceux qu'ils accueillent.

Puisse le thème de la fête, qui traverse les nouvelles que vous allez lire, vous accompagner dans une année que nous vous souhaitons joyeuse.

Et une pensée pour Véronique Colucci qui a été à l'origine de cette aventure collective.

Merci à tous et belle lecture,

Les Restos du Cœur

Sommaire

Philippe BESSON

L'Apparition

Louise Cooper s'est réveillée tôt ce matin, ne voulant pour rien au monde rater les festivités. Aussitôt ses pieds posés sur la moquette épaisse de sa chambre, elle est allée écarter les rideaux de lin beige et, par la fenêtre, a levé les yeux vers le ciel. Les dieux, on dirait, ont décidé d'être de la partie : c'est un bleu électrique qui s'est offert à son regard en ce jour si particulier de février. Elle s'est préparée, avec un peu de fébrilité : elle a beau n'habiter La Nouvelle-Orléans que depuis trois ans, elle se sent appartenir à cette ville, et donc à ses traditions, elle vibre désormais à son unisson et entend lui faire honneur. Qui aurait dit ça d'elle, la pure New-Yorkaise, élevée à Manhattan, la *working girl* profilée pour le quartier des affaires, jonglant avec les chiffres et les parts de marché, mangeant en vitesse et du bout des lèvres une salade à l'heure du déjeuner, courant le soir à la salle de sport pour entretenir une silhouette impeccable et s'endormant dans un grand appartement dont les vitres immaculées donnaient sur les lumières infatigables de la cité qui, elle, ne dort jamais ? L'exil l'a irrémédiablement changée. Ainsi, on peut devenir une autre quand on part.

Elle a enfilé le costume vert, violet et or qu'elle s'est acheté pour l'occasion et se contemple dans le miroir. Jadis, elle se serait trouvée ridicule. Pire, elle aurait refusé de jouer un jeu aussi grotesque, en aurait parlé avec une sorte de dédain, protégée qu'elle était dans ses tailleurs de grands couturiers. Aujourd'hui, elle esquisse un sourire. Évidemment, elle ne porterait pas pareil accoutrement tous les jours mais, si on décide de faire la fête, alors on la fait sans retenue. Et puis elle aime l'idée que c'est parce qu'ils sont déguisés que les gens se mélangent aussi facilement. D'un coup, il n'y a plus de distinction. Il n'y a plus qu'un peuple bigarré qui s'amuse, qui oublie pour quelques heures, dans l'étourdissement, dans le bruit des fanfares, les dissensions qui le rongent le reste du temps. Avant de claquer la porte de son domicile, elle n'oublie pas d'emporter son masque, un loup vénitien pailleté d'un or de pacotille.

Elle marche d'un pas décidé vers Ursulines Avenue où elle doit récupérer Claire, cette amie qui lui a sauvé, sinon la vie, au moins la mise, il y a trois ans de ça. C'est chez elle, en effet, qu'elle est venue se réfugier quand le vague à l'âme a fini par avoir raison d'elle. Elle retrouve toujours cette maison aux murs bleus avec un pincement au cœur, se souvenant dans quel piteux état elle était quand elle en a franchi le seuil trois ans plus tôt. C'est là qu'elle s'est patiemment reconstruite, qu'elle a découvert les vertus de la frugalité et de la lenteur. Désormais, elle affirme qu'elle est tout à fait guérie, empruntant la formule au vocabulaire des grands malades, et qu'elle le doit à celle qui l'a accueillie sans rien lui demander en retour.

Claire arbore elle aussi les trois couleurs tradi-tionnelles, qui symbolisent la foi, la justice et le pouvoir, qui, surtout, confirment que le temps est venu de festoyer. Et justement, d'un air joyeux et conquérant, elle lance un « Feu ! » qui conduit les deux femmes jusqu'à Canal Street.

Là, une foule compacte est déjà amassée sur les trottoirs. Les autochtones se sont donné rendez-vous mais c'est, en réalité, toute l'Amérique qui accourt et des touristes du monde entier qui se préparent à investir les rues colorées du quartier français. La parade de mardi gras a déjà commencé. Des chars bariolés surgissent : cette année encore, les *krewes*, ces étranges confréries héritées du passé colonial, ont rivalisé d'imagination. Des divini-tés de la mythologie voisinent avec des imitations d'Elvis et de Marilyn, des personnages de contes pour enfants succèdent à des figures du vaudou. Sur leur passage, des défilés costumés avancent au rythme des percussions, des fanfares interprètent des standards du jazz, des chiens jouent les singes savants, et de ces drôles d'équipages jaillissent des colliers de perles, des *doubloons*, les fameuses pièces d'or (fausses hélas), ou des bonbons. C'est tout un peuple qui se met à danser, à crier, à se livrer des batailles de serpentins, avec un seul principe : aucune limite à l'exubérance.

Louise et Claire ne sont pas en reste : elles bon-dissent pour s'emparer de colliers ou reprennent à tue-tête les airs que des musiciens cinglés font résonner dans l'air saturé de sucre, de sueur et d'alcool. Car on boit, évidemment. On boit même beaucoup. Dès le petit matin et jusqu'au bout de la nuit, quand débutera officiellement le carême. Dans cette Amérique si prude et si pieuse, l'excès devient subitement un devoir, et une bacchanale endiablée remplace les sermons à l'église.

Les deux femmes se laissent peu à peu porter par la foule peuplée de créatures extravagantes, par une houle de flambeaux et de tenues multicolores improbables, le long des boutiques de souvenirs, des clubs de strip-tease et des restaurants cajuns. Épuisées par le vacarme, elles décident de faire un pas de côté et trouvent refuge sur le balcon d'un bar de Bourbon Street. Des jardinières accrochées à la rambarde dégoulinent de la glycine et des colliers de perles jetés ou oubliés là. Un garçon grimé leur sert un cocktail fluo dans un verre en forme de crâne et elles rient à gorge déployée, livrées à une insouciance parfaite.

C'est à ce moment précis qu'a lieu *l'apparition*.

Au sens religieux du terme : c'est comme si se manifestait un être surnaturel, comme si l'invisible était soudain rendu visible. Et la vision est si brève qu'on se demande si elle s'est réellement produite.

Sur un trottoir en contrebas, Louise croit avoir aperçu, l'espace de quelques secondes, surgi d'entre les visages, bousculé parmi les carcasses, un homme qui ne peut pas être là, un homme qui n'existe plus. Cet homme, c'est Thomas Anderson. Celui-là même qui a disparu trois ans plus tôt. Elle en est instantanément foudroyée. Voilà, c'est ça : de l'électricité court le long de son échine, tout son corps se raidit, son sourire s'efface.

Elle s'efforce de recouvrer ses esprits tandis que Claire, qui n'a rien remarqué, continue de balancer des pièces d'or à la foule en délire, son verre à la main. Elle affûte son regard, scrute en direction de l'endroit précis où l'apparition a eu lieu, ne reconnaît personne, parcourt des visages hilares, est dérangée par des bras qui s'agitent, confond les tenues criardes, a les tympans écrasés par le tintamarre, ses yeux sont affolés, des billes de flipper, elle tente de s'appliquer, de ne pas céder à la panique, de détailler, mais sans résultat, c'est la même masse informe et colorée, elle se sent fatiguée soudain, sa quête l'a exténuée alors qu'elle a probablement duré moins d'une minute.

Elle se raisonne : bien sûr, elle s'est trompée, elle s'est méprise, un homme présentait une vague ressemblance et cela a suffi à créer l'illusion. Pourtant, jamais, en trois ans, elle n'a succombé à ce genre d'hallucination, elle en a croisé, des silhouettes, jamais elle n'a été en proie à un doute. Elle se dit : « C'est l'alcool, c'est ce cocktail fluo, il doit contenir de curieuses substances. » Elle se dit : « C'est le nombre, il y a tellement de gens, tellement. » Pourtant, elle ne se convainc pas totalement. L'image a beau avoir été fugace, elle lui a semblé très nette, presque incontestable. Elle se raisonne encore : que ferait Thomas Anderson à La Nouvelle-Orléans ? S'il est encore en vie, il est forcément très loin d'ici, dans des contrées exotiques, au nom imprononçable, des pays qu'elle ne serait même pas fichue de situer sur une carte. Partout mais pas ici. Elle croit devenir folle.

Elle se tourne vers Claire, toujours occupée à faire tournoyer des colliers et à reprendre des airs entraînants. Elle songe qu'elle doit avoir la blancheur des fantômes, ou plutôt de ceux qui ont vu un fantôme. Elle s'emploie à revenir au monde, à la fête, au brouhaha, au chaloupé de la foule. Mais l'image persiste dans sa tête. Et avec elle, un mélange de douleur et d'espoir. Louise fixe le défilé, la magnificence des chars, l'éclat doré des trompettes et des trombones, la peau tendue des tambours, le manège des chiens, mais rien ne parvient désormais à capter son attention. Elle ne peut s'empêcher de regarder à nouveau en direction du lieu de l'apparition, de la fabrication de l'image. Et elle ne distingue rien, rien de précis, le vert, le violet et l'or se mélangent, elle s'apprête à renoncer, cette fois pour de bon, quand l'homme apparaît une fois encore. Et c'est lui. C'est bien lui. Thomas Anderson. Il est immobile tandis que tout bouge autour de lui. Il se tient bien droit quand tout est mouvant, incertain alentour. Il est vêtu de gris et blanc, dans cette marée humaine chamarrée. Il est immanquable.

Alors la jeune femme, sans réfléchir, quitte aussitôt le balcon, et une Claire interloquée, s'engouffre dans l'escalier qu'elle descend avec difficulté parce que des fêtards s'y sont agglutinés, évite les pintes de bière et finalement se trouve projetée sur le trottoir, couvert de confettis, que piétinent des badauds hilares. Elle écarte certains d'entre eux pour avancer dans la masse compacte, joue des épaules, multiplie les « Pardon », les « Excusez-moi », pour justifier son empressement, sa brusquerie. Elle a l'impression de remonter un courant. Elle progresse très lentement, doit traverser la chaussée, slalome au milieu d'instruments de musique. Les cuivres résonnent à ses oreilles. Elle tâche de scruter la parcelle de trottoir où se tient Thomas, s'accroche au gris et blanc.

Là, dans le désordre, elle commence à réfléchir : elle a eu le réflexe de voler à sa rencontre mais pourquoi le fait-elle ? Quand elle y pensait, à ces éventuelles retrouvailles, ce n'était jamais aussi clair. Dans la majorité des hypothèses, il y avait des questions, des hésitations, de la colère, un refus. Dans d'autres, il y avait un élan irrépressible, il est vrai. Cela signifie-t-il qu'elle serait encline à lui trouver des excuses ? Elle chasse cette pensée. Mais persiste à avancer vers l'homme revenu du néant.

Quand elle parvient enfin à sa hauteur, elle s'immobilise. Elle se rend compte qu'il l'a vue venir vers lui, qu'il a laissé faire, qu'il n'a pas pris ses jambes à son cou : elle le devine à son expression, où passent de la vulnérabilité, de l'inconfort certes, mais pas d'affolement. Elle jurerait qu'il n'est pas abasourdi. Tandis qu'elle prend à peine la mesure de ce qui est en train de se produire.

Pendant quelques instants, dont elle ne serait pas capable d'évaluer la durée, peut-être est-ce seulement dix secondes, peut-être beaucoup plus, c'est comme une scène de film, une chose cinématographique : la femme et l'homme se dévisagent, sans dévier, sans bouger, sans prononcer un mot, indifférents au tumulte, au vacarme, au déplacement d'un char, au rutilement de cuivres, à la virevolte des masques, aux cris, aux bousculades, aux jets de confettis. Le centre de l'image est très net et comme figé tandis que les contours paraissent constitués d'un mouvement ralenti, d'un son déformé.

Et puis, elle lance : « Si on allait dans un café, un peu à l'écart ? »

Elle ne dit pas bonjour, ne demande pas si ça va, se soustrait aux formules convenues, attendues, ne cède pas à l'évidence, à la logique. Elle ne lui demande pas ce qu'il fait ici, alors que, à sa connaissance, il n'a jamais mis les pieds en

Louisiane, ou en tout cas il n'en a jamais parlé quand ils étaient ensemble. Elle ne lui demande pas où il était passé, ce qui, au fond, est la première question qui devrait surgir, la première à laquelle elle attend une réponse. Elle ne laisse pas filtrer de courroux ou, à l'inverse, de soulagement, elle n'est pas dans le registre des sentiments, alors qu'elle est débordée par l'émotion. Non, elle propose de s'éloigner de la foule, du tohu-bohu, de se mettre en lisière de la fête, elle suggère de la tranquillité, de la quiétude, elle présume qu'il leur en faudra pour se parler, pour se parler enfin, après trois années d'un indépassable silence. Il acquiesce, d'un hochement de tête, et lui emboîte le pas quand elle se met à fendre la foule.

Elle marche, sans se retourner, sans vérifier s'il est toujours là, s'il n'en a pas profité pour déguerpir. Elle devine qu'il ne se défilera pas. Pas maintenant. Pas une deuxième fois. Il pouvait décliner son invitation, il aurait pu quand elle se tenait face à lui se fondre dans la masse et disparaître à nouveau, rien de plus facile, il ne l'a pas fait. Donc il la suit, en cet instant, elle en est certaine. Et, en effet, il cale son pas sur le sien, s'applique à ne pas la perdre, à ne pas prendre du retard. Ils marchent avec un air sérieux quand tout autour n'est qu'hilarité.

Elle le conduit jusqu'au Lafitte Blacksmith, une vieille baraque à la façade en briques, à l'angle de Bourbon et St. Philip, où le rassemblement des carnavaliers s'effiloche et où elle a ses habitudes. Du reste, quand elle entre, le patron la salue et la laisse s'installer à la table de son choix. Elle en choisit une près d'une fenêtre.

Lorsqu'ils sont finalement installés, elle le contemple. Longtemps. Sans rien dire. Et lui non plus ne dit rien. Il a compris qu'il ne lui revenait pas de s'exprimer en premier, que c'est elle, uniquement elle, qui avait le droit de prendre la parole, que c'est elle qui avait à poser des questions, à exiger des explications.

Elle le contemple et se dit qu'il n'a pas changé. Pas du tout. Il est intact. Son charme est inentamé. Elle ignorait qu'on pouvait rester à ce point soi-même, elle qui précisément n'est plus du tout la même.

Elle se souvient. Elle se souvient d'avoir aimé follement cet homme-là. Elle se souvient de leur rencontre dans une galerie d'art, du côté de SoHo, elle était venue pour un vernissage, il était le type qui préparait les cocktails, en uniforme, debout derrière un comptoir improvisé. Elle ne l'avait pas remarqué en passant sa commande, ne lui avait même pas adressé un regard, elle était alors de ces femmes qui passent commande machinalement, qui considèrent que le monde est ordonné pour leur obéir, qui ne s'intéressent pas à l'intendance. Néanmoins, quand il lui avait tendu son verre, elle avait été foudroyée en une seconde. Elle ne savait pas que ça existait, ce genre de foudroiement, et même elle était persuadée que c'était une invention. Mais non. Ça s'était produit. Tout ce qui émanait de ce type qui lui tendait son verre lui avait plu : la beauté, bien sûr, l'écrasante beauté, une beauté sans arrogance, qui s'ignorait elle-même, et puis le naturel, l'absence de sophistication, et l'intelligence, ça elle l'avait discerné dans le regard, dans l'éclat du regard, et la malice, qui s'échappait de son sourire. Elle n'avait pas pris le soin de dissimuler son émoi. Elle le lui avait jeté au visage comme un enfant répand ses jouets sur le parquet du salon. Il avait rougi. Elle avait insisté, demandé à quelle heure il terminait, expliqué qu'elle était prête à l'attendre s'il était d'accord pour prendre un verre. Il avait accepté, toujours un peu embarrassé. Ils l'avaient pris, ce verre. Et puis un autre. Et encore un autre. Avant de passer la nuit ensemble. Au petit matin, il n'était pas reparti.

Leur histoire durait depuis quatre années quand, un soir, il n'était pas rentré.

Elle le contemple et se dit que le moment est enfin venu de comprendre, d'obtenir une réponse à toutes les questions qu'elle s'est posées. Elle les a tellement ressassées, ces satanées questions. Elle les connaît par cœur. Et cependant, elle hésite. À quoi bon ? Oui, à quoi bon, maintenant ? Mais surtout, les objections (qu'elle a ressassées, elles aussi) lui reviennent : après tout, un homme qui quitte une femme, c'est la chose la plus banale qui soit, ça arrive tous les jours. Et pourquoi devrait-il s'expliquer, cet homme-là ? Il fait comme il veut. Et il a le droit d'être lâche. Ou celui de ne pas vouloir blesser l'autre. Et puis s'expliquer, c'est déjà un peu se justifier, comme si on était coupable. Non, au fond, il ne lui doit rien. Elle est sur le point de renoncer. De rendre les armes, après les avoir affûtées si longtemps. Mais c'est plus fort qu'elle. Il y a au moins une question à laquelle elle a besoin de connaître la réponse. Elle doit savoir : « Pourquoi avoir disparu ? » Elle veut dire : « Pourquoi avoir *choisi la disparition* ? »

Car c'est ce mode opératoire pour lequel il a opté lorsqu'il a décidé de mettre fin à leur relation. Il a ramassé tous ses effets personnels dans l'appartement de Manhattan, alors qu'elle se trouvait à son travail, et claqué la porte derrière lui sans laisser le moindre message ni la moindre adresse ; seulement son double de clés sur l'îlot de la cuisine. Le même jour, il a changé de numéro de téléphone portable pour ne plus être joignable, fermé son compte bancaire et désactivé son profil Facebook pour ne plus être traçable, pris la poudre d'escampette sans mettre un seul de ses proches dans la confidence. Il avait la chance, si l'on peut dire, de ne plus avoir de famille : fils unique, il avait perdu ses parents dans un crash aérien à l'âge de dix-huit ans. Mais il avait des amis : même eux ont cessé immédiatement d'avoir de ses nouvelles. Il s'est littéralement volatilisé. Comme une balise Argos cesse d'émettre un signal.

Elle en avait été à ce point choquée qu'elle s'était rendue le lendemain au poste de police. Elle avait tenu à signaler cette disparition, parce qu'elle lui semblait anormale, et pour tout dire inquiétante. Elle pouvait cacher quelque chose de plus grave : un suicide, un rapt, un embrigadement dans une secte, un règlement de comptes, elle avait égrené les possibles qui lui étaient venus à l'esprit. Un officier fatigué, derrière un guichet au bois élimé, lui avait objecté qu'un majeur est responsable de ses actes et qu'aucune recherche ne pouvait être lancée. Comme elle s'était emportée, le bonhomme lui avait rétorqué que la police n'était pas faite pour traquer les maris qui n'en pouvaient plus de leur vie conjugale. Elle était rentrée anéantie dans l'appartement désert. Elle avait mis longtemps à se débarrasser d'un sentiment d'humiliation.

Oui, cette question de la disparition, elle a besoin de la poser mais elle en est retenue encore, sans trop bien savoir par quoi. À la place, elle entame la conversation mièvre qu'elle tenait à éviter. Elle se met à énoncer des banalités, parle du temps qu'il fait et du temps qui passe, raconte à quel point elle est heureuse de vivre à La Nouvelle-Orléans, se lance dans des considérations dignes d'un guide touristique, s'émerveille démesurément sur le carnaval. À s'écouter, elle se battrait. Et lui, bien sûr, ne dit presque rien en retour, hochant la tête, ponctuant sa logorrhée d'onomatopées.

Et brusquement elle ose, elle pose enfin la question, sans aucun lien avec ce qu'elle était en train de raconter. Au plissement de ses yeux, elle comprend qu'il l'attendait, évidemment. Pourtant, d'abord, il n'y répond pas. Pas directement, en tout cas. Il dit : « D'abord, je voulais te demander pardon. Parce que j'imagine que tu as dû éprouver de la stupéfaction, de l'incompréhension, du chagrin, de la colère. » Les termes sont trop élaborés pour ne pas avoir été mûris au préalable. Donc il s'était mis dans la configuration où, un jour, il lui ferait face, où, un jour, il lui rendrait des comptes. Il poursuit : « Et puis j'imagine que ce n'est pas facile de faire son deuil quand on n'a pas de cadavre. » Là encore, la formule est trop bien tournée pour avoir été inventée dans l'instant : il y a forcément réfléchi avant. Elle ne bronche pas, s'efforce d'offrir un visage impassible. De toute façon, elle ne sait toujours pas quoi penser de la situation.

Il dit : « Je me doutais que tu passerais par tous ces états et je m'en suis voulu. Je pourrais te dire que je regrette. Mais ça sert à quoi de s'en vouloir ou de dire qu'on regrette quand on n'a pas pu faire autrement ? » Elle accuse le coup. Elle a toujours estimé qu'il avait planifié sa fuite, qu'il y avait donc songé pendant des jours, des semaines peut-être, qu'il avait longuement fomenté son mauvais coup. Elle a, par ailleurs, toujours cru qu'il avait manqué de courage. Elle découvre *qu'il ne pouvait pas faire autrement*. Qu'au fond, il n'aurait rien décidé. Que rien ne pourrait lui être reproché puisqu'il ne serait pas vraiment coupable. Elle dit : « Je ne comprends pas. »

Alors il raconte, et c'est comme un couperet qui tombe, celui sans doute qu'elle redoutait par-dessus tout : « La vie avec toi, c'était une vie merveilleuse, agitée, inattendue, brillante. Chaque jour, je mesurais ma chance. Mais c'est devenu petit à petit, sans que je m'en aperçoive au début d'ailleurs, une vie… étouffante, parce que je suis devenu… un objet dans cette vie, un moment dans un agenda, une fonction, celle de l'amoureux. Tu avais tellement d'ascendant, tellement d'obligations, tellement de réussite que ça a fini par se produire, cette transformation… Mais je n'arrivais pas à te le dire parce que j'aurais eu l'air de me plaindre, et tant de gens auraient rêvé d'être à ma place. Et tu ne pouvais plus rien entendre, à ce moment-là. On ne pouvait pas toucher à ton ordonnancement des choses. On ne pouvait pas. Personne ne pouvait… Je n'étais pas grand-chose et, peu à peu, je suis devenu rien. Voilà. Et tu ne t'en rendais pas compte… Alors, j'ai décidé de partir. Mais je savais que tu chercherais à me retrouver, pour me couvrir de noms d'oiseaux ou me récupérer ou les deux, et je ne voulais ni de l'un ni de l'autre et je connaissais ton pouvoir, tu serais parvenue à tes fins. J'ai coupé tous les fils. Et je suis parti essayer d'exister par moi-même. *C'était ça ou mourir.* »

Du dehors parviennent les échos amortis de la fête, des accords de jazz tonitruants mais assourdis, des bruits de grosse caisse que le vent emporte vers le fleuve. Par la fenêtre, on aperçoit la cavalcade accidentée de jeunes gens qui ont trop bu, le balancement de femmes qui dansent, le sautillement d'enfants qui s'amusent des confettis tombant sur leur tête blonde. On aperçoit les couleurs qui s'entremêlent, et qui font oublier le gris des jours ordinaires. La fête continue de battre son plein et, dans un café, deux amants séparés renouent les fils de leur histoire.

Jadis, Louise aurait été furieuse, elle n'aurait pas supporté ce que Thomas vient de lui avouer. Elle ne l'aurait sans doute même pas compris. Aujourd'hui, alors que trois années se sont écoulées, elle sait qu'il a absolument raison. Elle sait qu'elle a été cette jeune femme trépidante, exigeante, carnassière, obsédée par son métier, cette femme qui ne trouvait jamais le temps de dire je t'aime, qui ne voulait pas être ralentie par la sentimentalité. Elle sait qu'elle a tenu l'amour de Thomas pour un acquis, et même, si elle est parfaitement honnête, pour un comportement logique. Elle sait qu'elle a refusé d'effectuer son examen de conscience, considérant qu'il s'agissait d'une occupation pour les gens qui n'ont rien d'autre à faire. Elle ne va pas nier ni jouer les outragées.

Elle se prépare même à passer aux aveux. Ce qu'elle a à dire est à la fois très simple à énoncer et très difficile à confesser : après le départ de Thomas, elle a refusé de considérer qu'elle avait la moindre responsabilité et aussitôt continué comme avant. Pire qu'avant. Elle s'est réfugiée dans le travail, dans ce qu'elle savait faire à merveille, ce pour quoi on la payait des fortunes. Sauf qu'un matin, elle s'est écroulée. Littéralement écroulée. On lui a diagnostiqué un burn-out. Elle n'a pas tergiversé (pas son genre). Elle a tout abandonné en une journée. Elle a démissionné, fait ses bagages, pris un vol pour La Nouvelle-Orléans, où Claire l'attendait, elle n'est plus jamais revenue en arrière. Elle a complètement changé d'existence, elle est devenue la petite marchande de fleurs. Au fond, elle pourrait reprendre l'expression de Thomas : c'était ça ou mourir. Oui, elle se prépare à ce moment de vérité quand il reprend la parole.

Il dit : « Avec le temps, je me suis reconstruit, j'ai retrouvé une existence propre, oh, pas flamboyante, je vis toujours de petits boulots, mais enfin c'est à moi, ça m'appartient, et j'ai pensé que j'étais tiré d'affaire… Sauf que le manque est venu frapper à ma porte. Le manque de toi. Quand on a été amoureux, ça ne part jamais vraiment, en fait. Et je me souvenais de l'élan des commencements, de la ferveur, on avait fini par la perdre, cette ferveur, mais elle avait existé, et elle me manquait… Alors il y a un mois de ça, j'ai eu envie de te retrouver, non, pas envie : besoin, j'ai eu besoin de te retrouver… Ça n'a pas été bien difficile, on laisse tellement de traces, et puis surtout toi tu n'avais pas effacé les tiennes, j'ai su que tu t'étais installée en Louisiane, je me suis douté que tu avais rejoint Claire, tu me l'avais présentée, tu lui parlais souvent au téléphone. J'ai pris la voiture, oui j'ai acheté une vieille bagnole, et j'ai roulé jusqu'à La Nouvelle-Orléans. J'ai découvert la petite boutique de fleurs… Je me souviens de ce premier matin où je t'ai vue y entrer, où je t'ai vue sortir les plantes, les pots, recevoir tes premiers clients. J'ai pensé : "Ce n'est plus la même personne." Et ça m'a dérouté. Et je suis reparti… Et le lendemain, je suis revenu. Et tous les jours pendant un mois. Et je me suis dit : "Je me suis trompé, c'est bien toujours la même personne, c'est juste qu'elle a changé de vie et que sa nouvelle vie lui va beaucoup mieux." Hier soir, j'étais devant la boutique quand tu l'as fermée et je t'ai suivie, je voulais savoir où tu habitais. Et j'ai pris une décision : ce matin, j'allais sonner à ta porte et voir ce que ça produirait. J'avais même préparé un petit discours. Sauf que tu es sortie de chez toi dans cette étrange tenue bariolée et ça m'a complètement fait perdre mes moyens. Et je me suis rappelé que c'était aujourd'hui ce fichu mardi gras dont on me rebattait les oreilles dans le motel où je me suis installé. J'ai failli renoncer. Je me suis dit : "Le destin ne veut pas, il nous contrarie." Et juste après, j'ai dit merde au destin, de toute façon je n'ai jamais cru à ces conneries, alors je t'ai suivie, tu ne pouvais pas me repérer, il y avait tellement de monde, je t'ai même perdue de vue deux fois, et je t'ai retrouvée, et quand tu es montée sur le balcon du bar de Bourbon Street, je me suis mis en face et j'ai attendu, j'ai attendu que tu me repères… pour que tu décides de ce que tu allais faire. La suite, tu la connais. »

Le silence reprend ses droits. Un faux silence entrecoupé des bruits du café, des allées et venues, du tintement des verres, du grésillement d'une télé, des conversations incompréhensibles, des exclamations ainsi que des rumeurs du dehors, des échos du carnaval. Un faux silence qui les laisse face à face, avec leurs regards encastrés, leurs retrouvailles en suspens, leur souvenir du bonheur, leur lucidité nouvelle et leur infatigable espérance.

Finalement, c'est Louise qui vient le briser, ce faux silence. Elle dit : « On ne retournerait pas faire la fête ? »

Et elle sourit.

Et il lui sourit en retour.

Françoise BOURDIN

Laissée-pour-compte

Une fête… Oui, voilà, organiser une énième fête, en rameutant cette fois le ban et l'arrière-ban, avec les copains des copains. Lilybeth ne voyait aucun autre moyen pour arriver – enfin ! – à faire la rencontre dont elle rêvait, celle qui changerait sa vie.

Travaillant dans une toute petite maison d'édition, on pourrait même dire confidentielle, Lily ne fréquentait que des femmes à longueur de journée, ainsi que deux ou trois écrivains très âgés et torturés par la postérité de leur œuvre. Dans les cocktails où son métier l'obligeait à se rendre, elle croisait toujours les mêmes têtes, échangeait les mêmes banalités. Et malgré l'optimisme de sa sœur Marianne, qui prétendait que l'aventure est au coin de la rue, Lily avait beau arpenter Paris, il ne lui arrivait rien. Rien du tout. Marianne était bien gentille, mais elle n'avait pas eu à chercher l'âme sœur puisqu'elle avait épousé, à vingt ans, son premier amour rencontré au lycée ! Depuis, elle avait eu quatre beaux enfants et projetait d'en faire un cinquième, heureuse d'être femme au foyer et mère d'une famille nombreuse.

Lilybeth n'en demandait pas tant. Elle voulait seulement trouver un homme qui lui ferait battre le cœur et avec lequel elle aurait envie de construire quelque chose de durable. À trente-quatre ans, il était grand temps, si elle ne voulait pas finir laissée-pour-compte ! Bien sûr, elle avait déjà eu des histoires – bien entendu éphémères –, deux liaisons chaotiques semées de petits plaisirs et de grandes désillusions. Bref, rien de solide, rien d'exaltant au point de pouvoir se dire : « Voilà, ça y est, c'est le bon et c'est pour toujours ! » Même si, toujours, de nos jours…

Donc, Lilybeth s'était mis en tête d'organiser une fête. C'était Marianne qui l'avait surnommée Lilybeth, alors que son prénom était Élisabeth. Durant ses années d'enfance, elle avait adoré ce diminutif, jusqu'à ce que, en classe de 6ᵉ, des collégiennes ironiques lui fassent remarquer que ça signifiait aussi Lily *bête*, Lily stupide. Mais comme elle n'était pas influençable, même à onze ans, elle avait conservé son surnom puisqu'elle l'aimait.

Par chance, elle avait hérité de ses parents un agréable trois pièces avec balcon dans le quartier des Batignolles. Le grand double séjour était l'endroit parfait pour se réunir nombreux autour d'un buffet. Afin de limiter les frais, Lilybeth préparerait elle-même des petits-fours au fromage, des assiettes de charcuterie et des bols de chips, tout ce qu'on pouvait manger avec les doigts pour éviter de sortir la vaisselle. Hormis des verres, bien entendu, car boire du vin dans des gobelets en carton n'était pas convivial, et le vin était vraiment essentiel pour réussir une fête en perdant un peu la tête.

Sous prétexte de vouloir voir de nouveaux visages, elle avait bien recommandé à ses amis les plus proches d'amener d'autres amis qu'elle ne connaîtrait pas forcément. Aux intimes, elle avait avoué ses intentions : qu'ils soient accompagnés par de séduisants célibataires.

Le soir de la fête, le résultat dépassa ses espérances, au moins pour le nombre, car ils se retrouvèrent à plus de quarante dans le salon ! Et, tout en remplissant à la chaîne les verres de ses invités, Lilybeth se mit à détailler discrètement les inconnus. Puis elle passa de groupe en groupe pour échanger quelques mots avec chacun, et surtout voir de plus près ceux qu'elle avait repérés. Plusieurs candidats étaient à la rigueur envisageables, mais elle comprit vite qu'elle avait peu de chances de trouver l'homme de sa vie.

— Tu ne connais pas mon ami Raphaël, je crois ?

La question émanait de Géraldine, une collègue qu'elle avait invitée à tout hasard et qui venait d'arriver. À côté de Géraldine se trouvait un homme d'à peine quarante ans, avec de beaux cheveux châtains, de grands yeux verts et un sourire à tomber par terre.

— Enchantée !

Elle l'était pour de bon, entrevoyant enfin la possibilité que cette soirée ne soit finalement pas inutile. D'un coup d'œil, elle s'assura qu'il n'avait rien dans les mains et elle lui proposa un verre.

— Blanc, rosé, rouge ? J'ai les trois ! En revanche, je n'ai rien d'autre, c'est trop compliqué. Et puis, avec le vin on ne se soûle pas forcément, on ne fait pas comme ces ados ivres en un temps record avec leur « biture express » ! Franchement, quel intérêt ?

Bon, elle parlait trop vite et trop fort, pourtant il l'écoutait en souriant, gentiment amusé.

— Rouge, répondit-il avec un clin d'œil. J'ai repéré votre saint-émilion 2009, une bonne année !

Connaisseur, en plus ? Décidément, il avait tout pour plaire, et surtout ce superbe regard vert clair, profond, attentif…

— Lilybeth est le diminutif de quel prénom ? voulut-il savoir.

— Devinez.

— Élisabeth ?

— Gagné !

— On peut se tutoyer, Lilybeth ?

— Volontiers !

Elle se demandait si elle ne rêvait pas. Était-elle vraiment en train de bavarder avec un homme charmant, qu'elle ne connaissait pas une heure auparavant, et qui semblait s'intéresser à elle ? Discrètement, elle s'assura qu'il n'avait ni alliance ni *trace* d'alliance à l'annulaire gauche.

— Que fais-tu dans la vie ? demanda-t-elle d'un ton qu'elle espérait désinvolte.

Quelle expression stupide que ce : « dans la vie » ! Elle aurait mieux fait de l'interroger directement sur son métier.

— Avocat. Je sais, c'est très banal. Toi, tu travailles dans la même maison d'édition que Géraldine ? Elle m'a dit que tu occupais un poste de directrice littéraire, ce doit être passionnant !

— Pas toujours ! répondit-elle en riant.

Elle se sentait follement gaie, et elle vida son verre de blanc d'un trait. Puis elle le prit par le bras pour l'entraîner vers la table qui faisait office de buffet. Elle lui servit généreusement du saint-émilion et emplit son propre verre de sauvignon.

— On trinque ? proposa-t-il.

Les yeux dans les yeux, ils entrechoquèrent leurs verres. Lilybeth était sur un petit nuage. Elle chercha Géraldine du regard et lui adressa un clin d'œil appuyé qui signifiait : « Merci, ma copine ! »

— La littérature et le droit ne sont pas si éloignés, reprit-il. Où as-tu fait tes études ?

Ils se mirent à discuter des mérites de leurs universités respectives. La conversation était fluide, amusante, détendue, et il fallut un grand moment à Lilybeth pour s'apercevoir qu'elle délaissait tous ses autres invités. Raphaël dut intercepter le regard inquiet qu'elle venait de jeter autour d'elle car il proposa aussitôt :

— Je ne veux pas t'accaparer, même si j'ai eu beaucoup de plaisir à discuter avec toi. Tu es une merveilleuse hôtesse… Occupe-toi de tes amis !

Il s'effaçait poliment, très gentleman, et elle en fut chavirée.

— Merci, bredouilla-t-elle. On se reparle tout à l'heure.

Le plus vite possible, évidemment. Elle se fraya un passage parmi les groupes qui s'étaient constitués, distribuant des sourires rayonnants et de joyeuses tapes dans le dos. Elle croyait sentir le regard de Raphaël sur elle, pourtant, lorsqu'elle tourna la tête, elle constata qu'il n'était plus près du buffet. Elle le repéra quelques instants plus tard, à côté de Géraldine et d'un garçon inconnu. Tous ces gens dans son appartement ! Mais elle l'avait voulu, et grâce à cette soirée elle venait de faire une jolie rencontre… À elle de transformer l'essai, de provoquer un rendez-vous, par exemple un verre en tête à tête dans un bar branché…

Pour parvenir à ce résultat, elle devait avoir une autre conversation avec Raphaël, sans trop attendre. Car, s'il décidait de partir, elle n'avait même pas son numéro de téléphone ! Bien sûr, elle pourrait toujours le demander à Géraldine, mais alors elle aurait l'air de courir après lui, ce qui n'était pas la meilleure tactique de séduction. De nouveau, elle passa d'un invité à l'autre, plaisanta, partagea quelques rires. Pour une fois, sa sœur Marianne avait laissé les enfants à son mari et elle était venue boire un verre. D'eau gazeuse, s'aperçut Lily qui devina aussitôt la raison de ce choix.

— Enceinte ? demanda-t-elle à voix basse.

— Oui ! C'est merveilleux, nous sommes ravis. Comme c'est tout récent, je ne voulais pas en parler, mais tu as percé le secret !

— Eh bien… Félicitations, ma vieille. Décidément, je ne vais pas manquer de neveux !

— Bon, je ne m'attarde pas. Je file avant d'avoir des nausées, tu sais ce que c'est, au début.

Non, Lily n'en savait rien et ne tenait pas à approfondir la question pour l'instant.

— Avant que tu partes, dis-moi comment tu trouves…

Elle parcourut l'assemblée du regard et découvrit Raphaël toujours en grande conversation avec Géraldine et le garçon inconnu.

— Le grand type qui est près de la fenêtre, chemise blanche, cheveux châtains et yeux verts.

Marianne observa attentivement le trio durant quelques secondes avant de lâcher :

— Pas mal… Pas mal du tout. Mais…

— Il y a un « mais » ?

— Tu verras toi-même.

— Quoi donc ?

— C'est pourtant évident, non ?

— Accouche ! Enfin, façon de parler.

Elles rirent ensemble puis Marianne s'expliqua.

— Il me semble très proche du jeune homme à côté de lui. Leur façon de se parler et de se regarder dénote une évidente familiarité. Tu vois ce que je veux dire ?

— Non.

— Je crois qu'ils sont en couple, ma chérie.

Atterrée, Lilybeth risqua un nouveau coup d'œil. Raphaël avait pris le garçon par l'épaule et le secouait gentiment tout en riant aux éclats.

— Eh merde… soupira-t-elle.

Déçue, elle eut soudain envie que tout le monde s'en aille. Cette petite fête n'avait servi à rien, comme les précédentes. Le séduisant Raphaël n'était pas pour elle, il n'y aurait pas de rendez-vous dans un bar branché. Ce malentendu l'avait fait rêver une partie de la soirée, mais c'était fini. Elle se glissa derrière le buffet où elle avait installé l'enceinte de son iPhone et elle monta le son. Puisqu'elle ne pouvait tout de même pas les mettre dehors, que ses invités dansent et s'amusent ! Pour sa part, elle n'en avait pas le cœur.

— Un rock te tente ?

Faisant volte-face, elle vit que Raphaël se tenait de l'autre côté du buffet et lui tendait la main.

— Un rock ? Pas vraiment, répondit-elle d'un ton morne.

— Allez, viens… Géraldine affirme que tu danses bien, que tu adores ça, et qu'en plus tu connais plein de passes !

Il devait être bon danseur lui aussi, en plus d'avoir de l'humour et un goût très sûr. Alors, même si elle n'avait plus aucune illusion quant à une éventuelle relation amoureuse avec lui, se défouler sur un rock endiablé n'était pas une mauvaise idée. D'ailleurs, Raphaël pourrait devenir un ami, et un partenaire sur la piste dans d'autres soirées. Elle sélectionna un morceau rapide, éleva la voix pour qu'on lui fasse un peu de place, et elle rejoignit Raphaël en lui annonçant :

— On commence par le plus classique et le moins facile, d'accord ?

— Bill Haley ? « Rock Around the Clock » ? Tu as choisi ça ? J'adore !

— Attention, ça démarre.

Tire-bouchon, cavalier, bascule, ils commencèrent par des choses simples, se testant mutuellement. Puis, constatant qu'ils étaient du même niveau, ils osèrent les glissades, les chaises et les petits soleils, risquèrent un culbuto très réussi. Autour d'eux, les invités faisaient cercle, frappant dans leurs mains, enthousiasmés par les figures compliquées auxquelles Lilybeth et Raphaël se livraient. À la fin du morceau, des cris de joie s'élevèrent, puis des applaudissements. Les deux danseurs, que personne n'avait osé rejoindre, saluèrent en se tenant la main.

— Où as-tu appris tout ça ? voulut savoir Raphaël.

— Ma marraine dirigeait une école de danse vers Bastille, et j'y ai passé tout mon temps libre durant mon adolescence. Comme j'étais timide, je me disais que ça m'aiderait, avec les garçons.

— Et ça a marché ?

— Non. Ils dansaient tous comme des éléphants et ça les intéressait beaucoup moins que regarder un match de foot à la télé en vidant des bières. C'est la réalité, pas un cliché, hélas !

Raphaël éclata d'un rire bruyant et communicatif qui donna à Lilybeth envie de pleurer. Pourquoi fallait-il qu'un homme comme lui n'aime pas les femmes ? Et que ceux qui aimaient les femmes ne soient pas comme lui ? La vie était donc si mal faite ? En tout cas, son compagnon avait beaucoup de chance. Lilybeth le chercha du regard et le découvrit tout au fond du séjour, seul et appuyé contre un mur, l'air mélancolique. Était-il contrarié par la prestation de Raphaël ? Peut-être ne savait-il pas danser aussi bien, ou ne souhaitait-il pas s'exhiber.

Elle lâcha la main de Raphaël et lui adressa un sourire crispé. Elle ne voulait rendre personne malheureux, or le garçon, là-bas, semblait l'être.

— Des slows, des slows ! se mirent à réclamer les invités.

Bien sûr. À cette heure tardive, les hommes se faisaient séducteurs, les femmes s'abandonnaient, des couples se formaient. Lilybeth alla sélectionner la musique souhaitée, puis elle se mit en quête de Géraldine pour lui raconter sa méprise et sa déception. Sans doute pourraient-elles en rire ensemble, Géraldine sachant tourner en dérision n'importe quelle situation.

— Quel beau numéro ! lui lança son amie. Et pour une fois, tu as eu un partenaire à ta hauteur.

— Oui, Raphaël est un excellent danseur. Et lui ?

Elle désignait le garçon qui n'avait pas bougé et paraissait toujours aussi triste.

— Antoine ? Raphaël a bien essayé de lui apprendre, mais il n'a aucun sens du rythme. Du coup, il s'ennuie un peu dès que les gens se mettent à danser.

— Tu as l'air de bien les connaître, tous les deux, pourtant tu ne m'avais jamais parlé d'eux.

— Ils ont passé un an à New York et ne sont rentrés que récemment. Raphaël a tout de suite monté son cabinet d'avocats, et il a embauché Antoine, évidemment, néanmoins, c'est lui le meneur. Ça se voit, non ? Raphaël prétend qu'Antoine est très efficace sur les dossiers difficiles, mais je crois qu'il le dit par tendresse. Ils sont très proches.

— Ça se voit aussi, soupira Lilybeth.

Pourquoi avait-elle dit à Géraldine qu'elle souhaitait voir de « nouveaux visages », au lieu de jouer franc-jeu en expliquant la raison de cette petite fête ? À savoir, trouver un homme à aimer ! En lui présentant un couple gay, si charmant soit-il, Géraldine ne l'avait pas aidée dans sa recherche du grand amour. Tant pis…

— On va y aller, annonça Raphaël en les rejoignant.

Lilybeth lui sourit, délivrée de toute arrière-pensée. Elle n'était plus en mode séduction, elle se sentait seulement partenaire de rock acrobatique.

— J'espère que nous aurons l'occasion de nous revoir, ajouta-t-il.

— Pourquoi pas ? Nous n'avons pas expérimenté toutes les passes ! répliqua-t-elle en riant.

Elle se sentait légère, peut-être grâce au sauvignon, et elle s'en remettait à Géraldine pour avoir l'occasion, dans un lointain futur, de danser à nouveau avec le beau Raphaël.

Afin de ne pas perdre définitivement le bénéfice de la soirée, elle se demanda si elle avait bien regardé TOUS ses invités, trop vite obnubilée par ce Raphaël si trompeur. Avait-elle laissé de côté une opportunité, ignoré une possibilité ? Même un second choix ?

Raphaël l'embrassa délicatement sur les deux joues. Il sentait bon, une eau de toilette qu'elle connaissait vaguement. *Habit rouge* de Guerlain ? *Bleu* de Chanel ? Antoine, chanceux, devait se pâmer en s'endormant près de cet homme *parfait*. Riant d'elle-même, Lilybeth en profita pour déposer deux bises bien sonores sur les joues d'Antoine.

— À une prochaine fois ! claironna-t-elle.

Raphaël la regarda, hésita, attendit, puis esquissa un sourire contraint avant de se détourner. Les deux hommes traversèrent le séjour encombré par les trop nombreux invités. Raphaël avait posé une main protectrice sur l'épaule d'Antoine qu'il semblait guider.

— Tellement mignon, soupira Lilybeth.

— Quoi donc ? s'enquit Géraldine.

— Ce couple. Ils sont sympas et attendrissants. Tant d'amour…

— Raphaël a pris Antoine en charge très tôt. Il est l'aîné et ils ont perdu leurs parents dans un accident d'avion.

— Hein ? cria Lilybeth.

Quelqu'un avait remonté le son de la chaîne, et la musique empêchait qu'on s'entende.

— Je dis qu'il prend soin de son frère ! hurla Géraldine, penchée vers Lilybeth.

Elle répéta sa phrase avec véhémence, désignant la porte de l'appartement que les deux hommes venaient de franchir. Avait-elle compris le malentendu ? Atterrée, Lilybeth mit quelques instants à réagir. Raphaël et Antoine étaient *frères* ?

— Mais ce n'est pas possible ! Quelle conne ! s'écria-t-elle en s'élançant.

Sur le palier, une petite lumière rouge annonçait que l'ascenseur était occupé. Lilybeth dévala les trois étages et déboucha hors d'haleine sur le trottoir désert. Personne en vue. Où étaient-ils passés ? Et comment avait-elle pu se tromper à ce point ?

Un moteur démarra un peu plus loin dans la rue, en même temps que des feux de voiture s'allumaient. Lilybeth se mit à courir comme une folle, au mépris de tout ridicule. Mais elle n'eut pas à gesticuler et à crier, la voiture qui avait commencé sa manœuvre pour sortir de sa place venait de s'arrêter. Une portière claqua.

— Élisabeth ?

Raphaël sortit de sa Golf, d'abord surpris et incrédule, puis il se pencha pour chuchoter quelques mots à son frère avant de se redresser, tout sourires.

— Lilybeth, pardon. Je… J'ai oublié quelque chose ? demanda-t-il.

— De noter mon numéro et de me donner le tien, répondit-elle d'une traite.

— Pour un prochain rock endiablé ?

— Absolument. Peut-être « Everybody Needs Somebody » ?

— Des Blues Brothers ? Ah, tu connais vraiment les meilleurs, carrément partant !

Il avait déjà saisi une carte dans la poche de son blouson et il la lui tendit.

— S'il te plaît, réclama-t-il, ne me fais pas trop attendre…

— Je t'appelle demain.

— Pas avant ? insista-t-il gaiement. Rock ou pas, on peut toujours boire un verre.

— Oui.

— Ou dîner ?

— Oui.

Il la dévisagea, comme pour s'assurer qu'elle ne plaisantait pas, puis son sourire s'élargit.

— Ah, quelle bonne soirée ! s'exclama-t-il.

Il lui adressa un clin d'œil avant de remonter dans sa voiture, et il démarra en donnant plusieurs joyeux coups de klaxon. Debout sur le trottoir, radieuse, Lilybeth murmura :

— Pour une bonne soirée, en effet, c'était une bonne soirée…

Maxime CHATTAM

Le Point d'émergence

La coupe de champagne ne pouvait pas être plus proche de mes yeux, un gros plan ambré strié de lignes verticales irrégulières et mouvantes. Les bulles remontent vers la surface, fines et rapides, chronomètre liquide du plaisir pour certains, moi j'y vois autant de cris silencieux cherchant à éclore au grand air.

Au-delà de ce rideau évanescent, les silhouettes troubles, tout sourires, trinquent et se réjouissent de leur triomphe. Je sais que je devrais m'en féliciter aussi, mais l'attente a été si longue, la déliquescence si douloureuse que je n'attends plus qu'une chose : le traitement promis. C'est une fête pour tous, un espoir pour moi. Je n'ai pas envie de lever mon verre – quand bien même je le pourrais –, tout ce que je veux, c'est qu'on inonde mon champagne de cet élixir tant attendu. Pourquoi perdre du temps à la fête alors que je suis juste là, moi le vide à combler ? « Vos satisfactions sont odieuses face à mon besoin de cure ! » voudrais-je leur aboyer jusqu'à effacer toute forme d'autosatisfaction, qu'on passe enfin à l'étape ultime, que l'allégresse devienne action, et pourtant j'en suis incapable. Mes cordes vocales demeurent

51

muettes. Je dois attendre. De précieuses secondes. Des minutes. Des heures ? Pourvu que ça ne soit pas des jours.

Les bulles se précipitent vers la surface. Si nombreuses…

Elles jaillissent du néant.

Moi, je sais d'où elles viennent. Cette zone invisible à la plupart, au fond, au-delà du cœur et de l'âme. Le concentré de toutes choses. Le point d'émergence. Je le sais car c'est précisément là que je me trouve, ou pas loin, encore conscient.

Les bulles parviennent en haut et explosent pour se répandre dans le monde, presque sans un son.

Je voudrais tant qu'elles hurlent toutes pour moi.

★
★ ★

Luce a des yeux comme des planètes couvertes d'océans. Ils brillent d'une atmosphère pleine de vie, promesse d'un monde sans fin qu'on souhaiterait explorer à l'infini, tout en sachant qu'on n'en fera jamais le tour. C'est ce qui m'a séduit chez elle.

Ses yeux de planètes et ses seins de peinture, capturant le regard comme la lumière pour défier les lois de la gravité. Une rondeur parfaite, pleins et lourds dans leur masse et si joliment arrimés à son corps en une lente chute dont on ne sait si elle démarre à sa gorge ou quelque part dans le ciel tant ils flottent délicieusement. Sa peau est digne de l'art flamand dans la manière qu'elle a de boire les reflets du soleil, d'adoucir les ombres, tout en nuances de chairs.

Nous nous sommes rencontrés dans un musée. Je pense que c'est la manière qu'a l'existence de se divertir : l'ironie. Luce se tenait entre deux sculptures de femmes en albâtre, immaculées. Contemplative, c'était pourtant elle la plus pure. Je l'ai presque prise pour une œuvre à part entière.

— Leurs failles sont trop visibles, ai-je dit un peu bêtement en désignant les fissures.

— Les nôtres sont trop mouvantes pour l'être autant, répondit-elle.

C'est parti ainsi, sur une histoire de faiblesses.

Je n'oublierai jamais la promenade qui a suivi, dans les rues tièdes de Paris, son manteau de pollution nous couvrant les épaules, sa rumeur infatigable nous poussant à nous réfugier au creux d'un parc où les enfants riaient autour de fontaines grises.

L'essentiel du bonheur de ma vie est né de cette conversation, à cet endroit, en ce jour. Tout aurait pu basculer dans une autre direction si nous ne nous étions pas entendus sur ce qu'est une bonne pizza, sur l'intemporalité de l'œuvre de Shakespeare, une vision commune du déclin de la politesse en ville, et probablement surtout sur la manière qu'elle et moi avions de regarder les gamins sauter dans l'eau en s'éclaboussant. Quelques variations, et qui sait ce que je serais devenu ? Plusieurs milliers d'heures de bobines jetées au feu et remplacées par un autre film, inconnu, imprévisible, mais dont le casting n'aurait pu être aussi parfait à mes sens.

Luce m'a offert le plus bel avenir dont je pouvais rêver.

Elle m'a accepté tel que j'étais, sans passé.

Littéralement.

*
* *

Luce et moi avons emménagé dans un appartement dominant la Petite Ceinture, cette profonde tranchée abandonnée à la végétation où passaient autrefois des trains pleins de voyageurs et de marchandises tout autour de Paris. Entre la hauteur de notre cinquième étage et l'aplomb du ravin, notre salon domine le monde par sa longue baie vitrée. Il faut dire que c'était une serre, avant ; le propriétaire l'a consolidée au fil des années jusqu'à la flanquer de murs bien solides, il a heureusement conservé la verrière de fer forgé – esprit Eiffel, s'il vous plaît. C'est une fournaise l'été et un congélateur l'hiver, mais entre les deux, c'est un paradis. Le bonheur a une temporalité, toujours.

Les rails oubliés en contrebas nous ont inspiré des dizaines d'histoires, dont ma préférée, celle qui nous sort du sommeil parfois. Luce s'est convaincue que nous ne nous réveillons pas par hasard la nuit lorsqu'on ouvre les paupières sur l'oreiller, ensuqué, avant de sombrer à nouveau dans l'inconscient. Elle pense que c'est à cause des trains fantômes. Vraiment. Elle y croit. De la même manière qu'une personne amputée dit qu'il lui arrive de sentir son membre absent la démanger, comme s'il existait encore, Luce s'est persuadée que la Petite Ceinture ressent encore les trains qui lui passent dessus, et que c'est cela qui nous réveille. L'écho de ces trains disparus que les rails croient devoir faire transiter en vibrant doucement dans le creux de sa ravine.

Luce n'est pas fantasque, non, elle est *habitée* par la fantaisie, ce qui n'est pas tout à fait pareil. Ce n'est pas elle qui cherche à se montrer originale, mais toutes les composantes de son être subissent les singularités qui ne cessent de la traverser. Ses yeux, par exemple, dont la tonalité se module avec les saisons. Ses grains de beauté aussi, je jurerais qu'ils se déplacent. Ma main à couper. Comme si, pour lutter contre l'âge, ils migraient sans cesse, couvrant là une ride, l'année suivante s'amassant autour d'un affaissement de la peau pour l'atténuer. Ma Luce ne vieillit pas, elle se peaufine.

J'ai souvent plaisanté en affirmant qu'elle était à moitié humaine, à moitié fée. Un pied chez nous, l'autre dans cet ailleurs éthéré qui déborde par ses pores, ses mots et son regard sur nous. Ma vision du monde a changé, à son contact. J'ai mis ça sur le compte de la poudre de fée qu'elle doit répandre sur moi lorsque nous faisons l'amour. Je ne vois pas d'autre explication. Nos jouissances m'améliorent.

Luce me bouscule dans mes habitudes. J'ai pourtant toujours été un garçon plutôt pragmatique, du genre à raisonner, à trouver un sens à tout. Du moins aussi loin que je me souvienne.

Et c'est là que le bât blesse. Ma mémoire ne remonte pas bien en arrière. Je serais un disque, nous pourrions m'accuser d'avoir pas mal de sillons rayés. Parce que mes souvenirs à moi ne sont pas linéaires, ils sont saccadés. Des empilements d'images, de sons, des morceaux choisis (parfois sans raison apparente tant certaines bobines sont anesthésiantes d'ennui), mais pas de véritable liant entre eux. Le plus surprenant est que je n'ai pas réalisé que c'était anormal jusque très tardivement dans mon existence. Je croyais qu'il en allait de même pour tout le monde ; après tout, lorsqu'on évoque nos classifications internes de la mémoire, il est difficile de s'harmoniser quant à la méthode, tout autant que dans le procédé adopté pour rediffuser ses propres souvenirs. Les gens autour de moi paraissaient tout aussi confus lorsque nous abordions la *façon* dont chacun se souvient.

Moi, je sais qu'il y a eu un accident passé inaperçu, qu'il soit physique ou génétique, et que mon cerveau ne relie pas correctement l'ensemble de mon enfance ou de mon adolescence. À vrai dire, presque jusqu'à ma rencontre avec Luce, tout est là, soigneusement colligé, mais fractionné, désordonné, et surtout je sens que cela manque de liant. Imaginez un empilement de scènes de film qui raconteraient des tas de fragments d'une vie, tous capturés à travers les yeux du même personnage, mais avec une totale absence de scénario. C'est à ça que ressemble mon passé. Cet amas de rushes qui ne racontent rien. Je les ai en tête, prêts à défiler à la demande, mais j'ignore ce qu'ils racontent. Mon enfance ? Mes parents ? Même mon adolescence, j'en ai des dizaines, peut-être des centaines d'extraits à diffuser, sans parvenir pour autant à former une véritable histoire. C'est une bouillie indigeste qui ne nourrit pas mon âme, qui ne me donne aucune épaisseur.

C'est une telle source d'angoisse que la plupart du temps je préfère l'évitement. Je fais comme si tout va bien. Pire : comme si tout ça n'existait pas. Aucun problème. Sinon je stresse. Je respire mal. J'étouffe en moi-même, faute d'être pleinement moi-même. C'est assez paradoxal, je vous l'accorde.

C'est un kaléidoscope humain que Luce a épousé, finalement.

Oui, nous nous sommes mariés.

Ce n'est pas moi qui lui ai demandé sa main, et à vrai dire, elle ne l'a pas fait non plus, c'est arrivé… par hasard. Nous étions en vacances dans le Sud, une virée romantique sous les maracas des grillons, lorsque, sur la place d'un petit village, nous sommes tombés sur un rassemblement devant l'église. Un mariage.

Une absence de mariage, plutôt.

C'était un oxymore vivant. Des visages accablés dans des tenues de célébration, des larmes sur des sourires amers, des bouquets de fleurs qu'on tordait, prêt à les déchirer.

Le marié s'était défilé au dernier moment, et la mariée avait fui de honte ses invités.

En bons témoins de naufrage, nous aurions dû nous éclipser discrètement, mais c'était mal connaître ma Luce. Elle a demandé à parler aux parents des fuyards, puis au prêtre et, je ne sais par quelle magie dont elle est capable, elle les a convaincus de ne pas tout gâcher. Les invités avaient pris du temps pour venir, ils s'étaient faits beaux pour paraître, alors il était encore temps de leur en donner pour leur effort. Le prêtre a joué le jeu, même si ça ne pouvait pas être enregistré officiellement le jour même, et je me suis retrouvé devant l'autel, face à une foule d'inconnus, à dire oui à Luce, sous le regard accablé d'un Jésus de travers au-dessus de nous. Croyez-le ou non, lorsque nous sommes sortis sur le parvis, j'ai vu beaucoup de sincérité, d'émotion et de joie dans les regards de ces gens dont je ne savais rien et qui me célébraient sans même se souvenir de mon nom à peine entendu quelques minutes plus tôt entre les lèvres du prêtre. Je pense qu'ils nous étaient reconnaissants d'avoir sauvé l'idée même d'une journée de légèreté. C'est que le monde en manque cruellement.

La fête qui a suivi en fut d'autant plus mémorable qu'il nous fallait faire connaissance avec une centaine de personnes au moins. Nous avons trinqué à l'anonymat jusqu'à ce que chacun s'improvise un masque pour n'être plus personne vis-à-vis des autres, festoyé à la gloire du tragique utile, puis d'excès en abus, la soirée a glissé vers une bacchanale quasi orgiaque que Luce et moi avons quittée discrètement avant de regretter ce que nous allions voir. Nous étions passés de l'oxymore à l'hyperbole humaine en quelques heures.

Avec Luce, nous avons rendu cette union réelle de quelques formulaires remplis le soir après le boulot, et nous étions mariés pour de vrai. Moi, un homme aux souvenirs tronqués, avec une fée.

À ce moment, je pensais la mémoire omnidirectionnelle, se construisant sur un empilement linéaire assorti au temps de chacun, allant de la naissance à la mort.

J'étais loin de savoir que la mienne allait être rongée par les deux bouts.

Comme un bâton d'encens qui brûlerait par le haut et par le bas, en même temps.

*
* *

Aria et Romane sont nées à trois ans d'intervalle.

Si leur mère avait des planètes dans le regard, mes deux filles me contemplèrent pour la première fois en m'offrant le cosmos tout entier. Elles me donnèrent une voix à écouter, et une histoire à bâtir. Celles de notre famille.

C'est en devenant père que j'ai réalisé combien l'homme était une formidable entité à la puissance considérable. Nous pouvions créer de l'amour.

Mais l'amour ne vient pas seul. Il est accompagné de son corollaire d'angoisses. Celui qui crée l'amour donne un point d'ancrage à la mort.

Luce et moi avons rarement été aussi heureux qu'à la naissance de nos filles. Puisqu'elle ne voulait pas allaiter, nous avons ouvert une bouteille de rosé (le préféré de Luce) le soir même, tandis qu'Aria dormait dans son couffin, et Luce a rattrapé neuf mois d'abstinence en quelques gorgées et beaucoup de rires. Nous n'étions pas loin de sauter sur son lit de maternité s'il n'y avait eu son état post-partum et les voisines aspirant à davantage de solennité.

J'ai commencé à avoir des absences à cette époque-là. Entre les deux naissances. Le pire, c'est que je ne le réalisais pas.

Et le summum de la cruauté, c'est qu'aujourd'hui je suis incapable de vous dire si Luce s'en est rendu compte.

Je ne sais plus.

Les trous ont commencé à ce moment-là, et ils n'ont fait que s'intensifier, se rapprocher.

Je me souviens des premiers pas d'Aria et du jour où elle a dit « papa », un jeudi soir, je rentrais du boulot, et elle se tenait dans le couloir de l'appartement. J'ai ouvert la porte, et mon cosmos m'a appelé par mon nom magique. J'ai revécu le big bang, mais bien à l'intérieur cette fois, et il a tout ébranlé, pour toujours. Cet amour continue de s'étendre, encore maintenant, après plusieurs années, lentement, jusqu'aux confins de moi.

Je ne me souviens pas de Romane.

Pas même de son visage.

Il s'est embué tout d'abord, je sais qu'il était là, imprécis, mais présent sous mes rétines, presque discernable, il ne manquait qu'un léger focus de mes synapses pour y parvenir, puis c'est comme si quelque force supérieure avait passé un coup d'éponge sur les traits de ma fille. Lorsque je songe à elle, une bouillie pâle surgit dans mon esprit. Cette douleur-là aussi continue de se répandre jusqu'aux confins de moi.

Ce que j'ai fait ensuite, moi, ma famille, mon quotidien, je l'ignore.

Le bâton d'encens s'est presque entièrement transformé en une poussière brune dont l'odeur est plaisante, dévoré par les deux bouts. Je suis incapable de mettre du sens sur les souvenirs de mon enfance, et l'essentiel des années qui ont suivi se résume à quelques îlots de lumière au sein de l'obscurité.

Je ne sais même plus quel âge j'ai désormais.

Je ne sais pas où est Luce. Ni Aria ou Romane.

Je ne crois pas que je pourrais les reconnaître, à vrai dire.

Je ne sens plus mon corps. Il a cessé de m'obéir il y a longtemps. Là encore, c'est presque une impression plutôt qu'une certitude, mais il me semble que je n'en ai jamais eu. Je m'efface à mesure que je perds la tête. Mes fonctions physiques paraissent si floues, mon enveloppe est un spectre distant dont j'oublie ce que c'est que d'être dedans.

Combien de temps ai-je encore ?

★
★ ★

Ils rient fort.

La coupe qui m'était adressée, par politesse ou par euphorie, vient de quitter mon champ de vision restreint. Je vis toute cette célébration autour de moi par procuration, presque une histoire qu'on me raconte par le biais de petits télégrammes tapés en vitesse et qui m'atteignent par d'étranges courants électriques. Je ne suis même plus certain de véritablement la voir ni même l'entendre, c'est de plus en plus étouffé. Existe-t-elle vraiment, cette parade de scientifiques exaltés ?

Je sais pourtant que je suis dans un laboratoire, et qu'ils sont enfin parvenus à ce qu'ils espéraient tant, j'espère juste que ce temps de fête pour eux n'est pas celui qui, à moi, me manquera pour redevenir celui que j'étais. Je prie pour qu'ils se dépêchent, pour qu'ils me traitent, qu'ils m'injectent le fruit de leur trouvaille, qu'on me rende ma vie, mon autonomie.

Ma famille.

Je sens que ce qui subsistait de mon existence est en train de s'enfuir... J'ai peur. Je ne veux pas. J'ai aimé tout de cette vie, je ne veux pas la perdre, pas que ça s'arrête !

Je redescends au plus profond de moi, au point d'émergence, ce courant primal qui donne la vie. Je ne serai bientôt plus qu'une étincelle. Et si personne ne lui offre du carburant, elle s'éteindra pour toujours.

Ils sont tous là à se féliciter, ignorant mon effondrement.

Puis je ne saurais expliquer comment, je sais qu'un d'entre eux est venu. Il est là, à côté de moi, je sens qu'il me regarde.

Il attend.
Le point d'émergence qui survient.
Tout de moi s'est volatilisé.
Je ne suis plus qu'une étincelle éphémère.
Alors il souffle et me plonge dans le néant.

*
* *

Dépêche AFP

Une entreprise biologique annonce être parvenue à créer le premier cerveau humain à base de culture de cellules souches. Un organe semblable en tout point à un cerveau humain normal sinon que celui-ci a été entièrement fabriqué à partir de cellules souches qui ont été développées en laboratoire jusqu'à constituer une réplique exacte et vierge d'un cortex humain et de sa matière cérébrale flottant dans une solution adaptée, et relié à des capteurs complexes.

L'entreprise explique que, par le biais de ces capteurs et sondes, ils sont également parvenus à lui donner l'illusion de piloter un corps, mais aussi à lui implanter de faux souvenirs, jusqu'à lui donner une personnalité à part entière.

Pour des raisons éthiques, les équipes déclarent que ce premier cerveau de laboratoire a été détruit, « mais il ouvre des perspectives infinies pour l'avenir », selon le responsable des recherches.

François d'Epenoux

Big Real Park,
que la fête commence

Tout est blanc. Le marbre, la moquette, les gens. Le building miroitant de la Real Entertainment Company m'accueille en m'écrasant de toute sa démesure. Je souris. L'acronyme REC me fait penser aux trois lettres qui clignotaient dans le viseur du Caméscope de mon arrière-grand-père. Ça voulait dire qu'on était en train de tourner. *On the record.* Tellement touchant.

Une brune irréelle m'accueille dans le hall. Elle est fluide, gracieuse, tout entière articulée autour de quatre ballons de handball – deux au niveau du buste, deux au niveau des fesses, comme suspendus et défiant les lois de la pesanteur. Il semble qu'elle ait été gonflée à la pompe à vélo pour attiser la convoitise des hommes. Je cherche la valve, comme celle qu'il y avait jadis sur les bouées d'enfant. J'ai droit à son plus éblouissant sourire.

— Monsieur Erickson ?

— C'est moi.

— Bienvenue à la REC. Veuillez me suivre, je vous prie.

Inutile de me prier, je la suis volontiers, les yeux sans doute plus bas qu'il ne le faudrait. Nous n'avons pas fait trois mètres qu'elle me lance, sans se retourner :

— J'ai des yeux derrière la tête, vous savez. Ça s'appelle des caméras.

Devant mon air de cancre pris en faute, et toujours en regardant droit devant elle, elle poursuit :

— Je m'appelle Cybelle, je suis le tout nouveau robot-hologramme de la REC. Entièrement virtuelle, de la tête jusqu'aux pieds... en passant par tout ce que vous lorgnez depuis votre arrivée.

— Pas du tout, ne croyez pas que...

— Rassurez-vous, j'ai l'habitude. Après tout, c'est humain. Et puis, je sais me défendre. Le dernier qui a approché sa main a pris une décharge électromagnétique. L'équivalent de trois tasers antiémeute. C'est mon côté féministe. Du moins, c'est comme ça qu'ils ont conçu mon logiciel.

Ma première impression était donc la bonne. La brune Cybelle est certes plus vraie que nature – et, mon Dieu, quelle nature ! – mais bel et bien irréelle. J'en suis là de mes réflexions lorsque nous nous engouffrons dans un ascenseur tout droit sorti des cerveaux de la NASA. Sur son seuil, elle s'arrête net, pivote joliment devant la porte, et me fait face, enfin.

— C'est au 114e étage. Vous allez arriver directement dans le bureau de M. Barnes, m'annonce-t-elle en appliquant sa paume sur un écran.

— Merci beaucoup.

— Je vous en prie. Vous êtes mignon quand vous êtes gêné. Ça, c'est mon côté gentil. Bon voyage !

La voilà qui s'éloigne au rythme cybernétique du roulement de son corps, me laissant seul derrière ma paroi vitrée, dans un tel état de béatitude que je m'aperçois à peine du décollage de la fusée. Quelques secondes plus tard, la porte glisse à nouveau.

— Monsieur Erickson ! Entrez, je vous en prie ! lance une voix de stentor.

Je sursaute. La porte s'est maintenant totalement escamotée, m'ouvrant la perspective d'un bureau gigantesque. Au fond, très loin, un homme corpulent tournoie, l'air amusé, sur son fauteuil blanc.

— Ah ! Je vois à vos yeux que vous avez croisé Cybelle. Plutôt réussie, n'est-ce pas ? Une splendeur de technologie. Il faut bien quelques étages pour s'en remettre. Je me trompe ?

En guise de réponse, j'esquisse un pas, avec la volonté dérisoire de ne pas paraître intimidé. Barnes n'est pas dupe.

— Approchez !

Puis, flatté de me voir ébloui par le décor :

— … Décidément, vous êtes un esthète, monsieur Erickson.

De fait, je ne peux m'empêcher d'admirer ce qui m'entoure. Dans cet immense espace d'un blanc immaculé, où le soleil entre à flots par les baies panoramiques, où l'épure tient lieu d'unique aménagement, où le lin et le bois blond font office de couleurs, surgissent çà et là, grosses mouches incongrues dans un verre de lait, d'extraordinaires antiquités : ici une autotamponneuse des années 1970, carénée à l'extrême et bardée d'éclairs jaunes ; là une machine à barbes à papa ; ici encore, un cheval de manège, un sucre d'orge géant, une nacelle de grande roue, un chapeau de carrousel tout enluminé… toutes sont mises en scène et éclairées comme le seraient des œuvres d'art, et toutes hurlent une époque où les flonflons des orgues de barbarie jouaient sur fond de néons et de fumées de gaufre, dans une odeur de pétard à mèche et de pommes d'amour. L'exact contraire, en somme, du silence ouaté dans lequel nous sommes plongés.

— C'est fabuleux, dis-je, pour dissiper mon embarras.

— Que voulez-vous, tout vient de là… me répond Barnes, cette fois sincère, sans désir d'impressionner son visiteur.

— C'est-à-dire ?

— De la fête foraine. L'origine de la REC. Après, on a juste fait quelques aménagements. Mais, au fond, les émotions sont les mêmes : le rire, la surprise, la peur, les sensations fortes.

J'observe Barnes à la dérobée, d'autant plus aisément qu'il demeure un instant perdu dans ses pensées : l'espace de quelques secondes, l'enfant qu'il était il y a cinquante ans a pointé le bout de son nez. Brève parenthèse. Très vite, le pro reprend le dessus, avec tous les atours dus à sa fonction de dircom de REC France : bronzage parfait, cheveux poivre et sel, lunettes anthracite accordées au costume, chemise bleu pâle de rigueur – sans cravate, *friday wear* oblige. C'est d'ailleurs en toute décontraction qu'il m'invite à prendre place. Non sans rester, de son côté, assis derrière son immense bureau de verre.

— Alors comme ça, vous êtes le *ghostwriter*, attaque-t-il d'emblée en faisant ployer le siège de son fauteuil, qui en expire de plaisir.

— Disons que je suis là pour…

— Faire le *story telling* de la REC.

— Voilà. Vous savez tout.

Son sourire triomphant le trahit :

— Forcément ! Puisque c'est moi qui ai souhaité cette prestation ! Vous allez me dire : pourquoi ?

— Oui, pourquoi ? m'entends-je dire aussitôt.

— Parce qu'il nous faut une grande et belle histoire. Une grande et belle histoire de contes de fées. Une légende qui vend du rêve. Les gens ont besoin de ça.

Je contre-attaque :

— Mais cette histoire… elle a déjà été racontée, non ?

— Bien sûr ! s'esclaffe-t-il. Des dizaines de fois ! Mais il faut du nouveau ! Toujours du nouveau ! D'où ce premier contact. J'aime bien voir les gens avec qui je travaille.

Pendant une seconde, je souris en faisant mine de prendre des notes, histoire de me donner une contenance. C'est déjà trop mettre à l'épreuve sa patience :

— Bon ! Comment fait-on ? demande-t-il en malaxant une petite boule clignotante, marquée de la mention « zen ».

J'essaie de ne pas me laisser démonter – il faut dire que j'ai soigneusement préparé l'interview :

— C'est simple, on commence par le début.

— Et le début, c'est quoi ?

— Eh bien, je vais vous poser quelques questions et nous allons avoir un échange. Comme si nous étions au café, et que vous parliez naturellement de votre boîte à un ami un peu candide qui ignore tout de votre activité. Vous improvisez, comme ça vous vient, sans rien prévoir, quitte à sortir un peu des sentiers battus.

— J'improvise rarement.

— Exprimez-vous le plus spontanément possible. Rassurez-vous, c'est un exercice classique. C'est fait pour donner du rythme. Pour décanter.

— C'est-à-dire ?

— S'affranchir des codes de la com. S'abstraire des éléments de langage trop souvent entendus. Ça donne une sincérité, ça dégage des lignes de force.

D'abord circonspect, Barnes accepte de jouer le jeu.

— OK, si vous le dites. J'imagine que vous connaissez votre métier.

Le « J'imagine » me pique un peu, mais je n'en montre rien.

— On enregistre ?

Il se cale dans son fauteuil, cligne des yeux en guise d'assentiment :

— On enregistre.

Le rendez-vous peut vraiment commencer. Ça tourne. Je prends ma voix la plus professionnelle :

— Michael Barnes, comment est né le concept des Real Parks, les parcs de loisirs créés par la Real Entertainment Company ?

— D'un constat simple : vers les années 2020, toute la Population en Capacité de Consommer – la PCC, dans notre jargon – a été équipée d'un écran. Avec ce paradoxe : plus les gens se coupaient du réel en regardant le monde à travers leur smartphone, leur tablette, leur ordi ou même leur vieille télé, plus ils réclamaient du *real* ; le monde, oui, mais comme une émission de *real-TV* ! Le monde, oui, mais comme un grand direct, à vivre par procuration, à grand renfort d'émissions et de vidéos à sensations sur les réseaux sociaux... Le monde, oui, mais en version trash, gore, extrême !

— La société du spectacle, mais en version 2.0...

— Exactement ! Nous leur avons donc proposé la chose suivante : non pas que leurs rêves deviennent réalité, ça c'était *has been*, mais que leur *real* deviennent réalité. Autrement dit : qu'ils fassent le chemin inverse, qu'ils rentrent « physiquement » dans leur écran, si j'ose dire. Qu'ils retraversent le miroir dans l'autre sens. Bref, qu'ils reviennent au monde...

— Une sorte d'univers en 3D ? Comme un grand jeu vidéo ?

— Pas du tout ! Le vrai monde, mais tel que les gens avaient envie de le voir. D'où les Real Parks. Des parcs de loisirs où, l'espace d'une visite, le public ressentait le monde à la manière d'une vidéo choc postée sur Facebook. Une re-naissance !... « pour de faux », comme disent les enfants. Ou du moins pour de rire... pour se faire peur... pour s'amuser...

— On en revient aux fêtes foraines. En faisant ça, vous boucliez la boucle...

— Précisément ! Lipovetsky avait écrit *L'Ère du vide* ?... Parfait ! Ce vide, nous allions le re-remplir, on était là pour ça ! Après tout, si on y réfléchit, il y a une forme de 3D bien plus sophistiquée que la 3D : ça s'appelle la vie ! Surtout quand il s'agit d'une vie plus excitante, plus rythmée, mieux montée. Avec de la musique, des jingles et des couleurs. *The real life*, *the real* fête foraine ! The Real Parks. CQFD.

Me voyant pris de vertige, Barnes enfonce le clou.

— … En fait, c'est l'évidence ! Souvenez-vous de la citation de Philippe Muray : « La réalité dépasse la fiction. Elle a pris sur cette dernière une avance considérable qui ne peut être rattrapée que par une exagération encore plus immodérée. […] Seul le saugrenu a des chances d'être ressemblant. »

Mains croisées sur son vaste plastron, Barnes m'observe à présent, tout content de sa démonstration. Et fier de sa citation placée à peu de frais, car mille fois resservie, sans aucun doute. Je ne veux pas lui gâcher sa joie :

— Une mise en abyme, en somme… il suffisait d'y penser…

— Sauf que nous, nous avons fait bien mieux que le penser : nous l'avons *fait*. Le croisement des données, l'apport du *big data*, les milliards apportés par des actionnaires avides de succès ont terminé le boulot.

Je décide de compléter l'info, juste pour lui montrer que j'ai bossé mon dossier.

— Des actionnaires tous venus d'Internet…

Barnes confirme.

— Beaucoup, oui… c'est vrai. À l'époque, on les appelait les GAFA : Google, Amazon, Facebook, Apple… ça, c'était pour les dollars. Mais pour le savoir-faire, on a pris les meilleurs de l'industrie du divertissement de masse : des pointures de chez Disney, des talents de chez Pixar, des ténors de chaînes d'info racoleuses, façon Fox News… mais pas que ! En France, on a même débauché des anciens d'un vieux truc qui s'appelait Parc Astérix. Notre petite caution bleu-blanc-rouge.

— Cocorico… ne puis-je m'empêcher de murmurer, un rien ironique.

— Que voulez-vous, on est gaulois ou on ne l'est pas !

Et Barnes, décidément en pleine forme, de partir dans un grand rire. J'en profite pour boire un peu d'eau, et reprendre mon souffle.

— Ainsi est sorti de terre le premier Real Park français, en 2028…

— Absolument ! Sur le modèle de ce qui avait déjà été fait aux États-Unis et en Australie, mais à la sauce française, donc…

— Et ça a été un carton.

— Plutôt, oui. Reprendre les bonnes vieilles recettes de la fête à Neuneu et les mettre sous acides, que voulez-vous, forcément, ça marche. Les gens voulaient leur *shot* d'angoisse, leur dose d'adrénaline, leurs rires hystériques en intraveineuse. Et on leur a donné ! Il faut dire que, chez nous, tout était plus grand, tout allait plus vite : les manèges, les grandes roues, les grands 8, les attractions… ça, pour être saugrenu, c'était saugrenu… Muray aurait été fier de nous.

— Du coup, le concept a fait des petits…

— Partout dans le monde ! Enfin, dans le monde, je m'entends : dans le monde avec PCC, évidemment. De Londres à Tokyo, de Moscou à Dubaï, les gens ont commencé à se ruer dans les Real Parks. C'est devenu n'importe quoi, et aujourd'hui, c'est toujours le cas : n'importe quoi ! À l'heure où je vous parle, quand ils vont sur l'un de nos sites, les gens font plus que se distraire dans l'outrance ou chercher des sensations fortes… ils font plus qu'acheter tous les produits du merchandising Real Park…

ils font même plus que manger ou boire Real Park : ils *vivent* Real Park, ils respirent Real Park ! Ils s'aiment sur Real Park ! C'est leur présent, leur passé, leur avenir, l'air qu'ils absorbent ! Et le plus beau, c'est que ce sont eux qui font notre pub : à longueur de journée, ils filment Real Park et, mieux encore, ils se filment en train de filmer des films à Real Park... et toute cette promo gratuite est relayée sur les réseaux sociaux, en *live*, partout, pour tout ! On a beau augmenter les prix, ils paient quand même... Ils en redemandent, ils aiment ça ! Parce qu'ils se sentent mieux que riches : privilégiés. C'est le nouvel hédonisme !

— Je vois...

— Le problème... c'est qu'il y a un problème. Et c'est là qu'on sort des sentiers battus, comme vous dites.

Stratégie de communication ? Sincérité soudaine ? Pour la première fois, je vois Barnes se rembrunir. Puis rester pensif, pendant un long moment. Je me lance :

— Quel problème, monsieur Barnes ?

Il se réveille enfin, réalise où il est.

— Eh bien... le fameux effet boomerang. La rançon du succès. Appelez ça comme vous voulez.

Je n'ai rien à perdre :

— Le risque d'une nouvelle affaire Forex ?

— Quoi, ça ? Pas du tout...

Et Barnes de balayer ce souvenir amer d'un revers de main. Je pensais pourtant tenir un bon motif de mauvaise humeur avec l'évocation de Forex, du nom de cet ancien ouvrier de la fête des Loges reconverti dans la logistique à la REC, et qui avait initié, tournevis-foreuse à la main, un mouvement social d'énorme ampleur à la fin des années 2030. Mais non, ni les émeutes ni les grèves provoquées à l'époque par celui qu'on avait aussi surnommé « le Spartacus de la REC » ne semblent être la cause de la contrariété du flamboyant porte-parole. Il s'agit visiblement de tout à fait autre chose.

— … Non, poursuit Barnes, toujours sombre. Le vrai problème, c'est que les gens se lassent de plus en plus vite. Ce sont des ogres, des voraces, jamais rassasiés. Ils sont d'accord pour payer, mais en échange, ils en veulent plus. Toujours plus. Toujours plus d'adrénaline, d'angoisse, d'hystérie, de vécu, en version XXL. On a beau leur proposer des attractions de dingues, à la limite du supportable, du malaise, du vomissement, ce n'est jamais assez. Alors aujourd'hui, je ne devrais pas vous le dire, mais c'est à nous de nous adapter. De tout repenser. De surenchérir. Tout le reste, c'est du vent.

— À savoir ?

— À savoir que ce que je vais vous dire maintenant est ultraconfidentiel. Cela doit rester entre vous et moi. Vous en parlerez plus tard, mais en attendant, c'est *off*. Je peux vous faire confiance ?

— Vous avez ma parole, dis-je sur un ton que je juge convaincant, avec la sensation que nous sortons en effet complètement du cadre de l'entretien, mais que celui-ci commence à devenir intéressant.

— Très bien. Alors arrêtez d'enregistrer, je vous prie. Changement de programme : on va s'offrir une petite digression.

La solennité de l'instant exige un bref silence. À sa façon de pivoter lentement sur son fauteuil, de fixer la moquette comme s'il la voyait pour la première fois, je sens que mon interlocuteur hésite encore un peu avant de se livrer. Mais c'est plus fort que lui. Ça le démange. Un gamin incapable de garder un secret trop lourd pour ses épaules. Le voilà qui se jette à l'eau, enfin.

— Après tout, vous le saurez tôt ou tard. Il sera toujours temps de le raccrocher à votre *story telling*. L'important, pour le moment, c'est que vous sachiez ceci : nous sommes en train de travailler sur un projet à grande échelle. Quelque chose de jamais vu. L'arme absolue. Nom de code : BRP.

— … ?

— Big Real Park. Vous aimez le McDo ?

— De temps en temps…

— Eh bien, le Big Real Park, c'est comme un Big Mac par rapport à un burger. C'est un Real Park, mais en plus gros, en beaucoup plus gros, avec plus de sauce, plus de viande, plus de piquant, plus de saignant. Un truc de tarés. Des millions et des millions de dollars. Toutes nos équipes sont dessus.

— Et… plus concrètement ? dis-je en prenant garde de ne pas décourager Barnes dans son irrésistible envie de se libérer d'un poids.

Il prend une grande respiration.

— Je vous la fais courte : avec le Big Real Park, oubliez tout ce que vous connaissez en matière de parcs d'attractions. Oubliez vos repères, vos référents, vos souvenirs. Ici, on a affaire à un changement de paradigme. On entre dans une autre dimension.

— Vous m'en avez trop dit ou pas assez…

Je sens l'homme se chauffer. Barnes est lancé.

— OK, je vous explique. Le Big Real Park, avant tout, c'est un univers en soi. Un site gigantesque, très ciblé PCC, bien entendu…

— Rien que du consommateur motivé...

— Voilà. Une sorte de gigantesque carré VIP, comme dans les boîtes de nuit, mais ultrasécurisé.

— Et on entre comment, dans ce carré VIP ?

— Avec du fric. Beaucoup de fric. À l'intérieur, le fric est converti en une monnaie virtuelle, façon bitcoins de la belle époque, vous voyez ?

— Oui... Et elle a un nom, cette monnaie ?

— Le forain. Ça fait un peu *old school*, c'est pour rassurer. Toujours la référence au vieux monde pour mieux le revisiter. Et puis, forain, ça sonne un peu comme florin...

— L'ancienne monnaie néerlandaise, c'est ça ?...

— ... jusqu'à l'euro, en 2002. Ça paraît si loin ! Mais revenons à nos moutons. Ça tombe bien, c'est comme ça que nous appelons nos clients.

Barnes s'abîme dans la vue panoramique dominant la Défense, comme s'il cherchait à y trouver son inspiration.

— L'enjeu, poursuit-il, c'est que, à peine entrés sur le site du BRP, les gens puissent faire bosser leur fric et en gagner beaucoup. Tout simplement parce que la zone où ils pénètrent, c'est une putain de zone ultraspéculative. Mais attention, hein, sur le BRP, pas de courbes, pas de prévisions, pas de conjoncture, pas d'experts : ici, le hasard est *vraiment* le hasard.

— Comment ça ?

— Les grandes roues placées à l'entrée ne sont pas des grandes roues. Ce sont des roues de la Fortune, au sens littéral du terme. Si la roue s'arrête quand ta nacelle est en haut, tu gagnes un max. Si ta nacelle est en bas, tu perds beaucoup. C'est comme dans la vie : la roue tourne.

Je m'étrangle :

— Donc, on peut tout perdre ?

— Ou gagner beaucoup ! Seuls ceux qui ont les reins assez solides peuvent rester. Les autres sont virés du BRP. « *You're fired !* » comme disait cet ancien président américain, là…

— … ?

— Mais si, celui qui faisait de la télé-réalité… Mickey… ou Donald… un truc comme ça…

— Je ne vois pas. Peu importe. Mais racontez-moi plutôt : les gens virés, dans votre système, comment font-ils pour revenir ?

— Ils peuvent investir en trois clics dans des actions REC. Avec un peu de flair, ils se refont une santé financière et sont à nouveau les bienvenus sur la zone BRP. Le système, comme vous dites, se nourrit de lui-même.

— Et les autres ?

— Les autres, les ruinés, les ratissés, les oubliés, les sans-fric, les sans-rien, les sans-terre ? Les Incapables de Consommer ? Ils n'entrent pas. Ils restent dehors. C'est aussi simple que ça. Sauf…

— Sauf ?

— … sauf s'ils sortent vainqueurs de l'Épreuve Suprême. Là, c'est quitte ou double. Mais qu'ils ne se plaignent pas, on leur donne une chance. En plus, c'est hypermédiatisé.

— C'est un concours ?

— Non, une épreuve physique ! Un truc que j'ai découvert sur une vieille cassette VHS, une pépite, j'adore fouiller dans ces trucs-là, il y a de ces trésors ! Un truc de la télé de la fin du XXe siècle, vous le croyez, ça ? En noir et blanc ! « Jeux sans frontières », ça s'appelait. Avec deux types impayables, Guy Lux et Léon Zitrone…

— Oh, les noms ! je ricane.

— Ne m'en parlez pas ! C'était l'époque… N'empêche que, l'air de rien, ces deux types avaient inventé un truc marrant : les concurrents devaient traverser un grand bassin en marchant en équilibre sur une poutre passée au savon noir… alors forcément, tout ce beau monde n'arrêtait pas de glisser et de tomber à l'eau… plouf !

— Basique, mais rigolo…

— Eh bien nous, nous faisons pareil : les gens qui veulent entrer sur le site, ils doivent s'accrocher ! Sinon, plouf, pareil, ils tombent à l'eau ! Et s'ils ne savent pas bien nager, ils se noient. C'est comme ça. C'est le jeu !

Mon sourire est tombé d'un coup.

— Vous êtes sérieux ?

— Je n'ai pas l'air ?

— Mais c'est l'horreur !

— Pas du tout ! C'est le jeu, je vous dis ! Un seul mot d'ordre : a-dré-na-line !

Se rend-il compte de ce qu'il dit ? La suite répond à ma question.

— … et tout est à l'avenant ! continue Barnes, de plus en plus exalté. Au Big Real Park, c'est comme ça, on va jusqu'au bout ! Au bout de l'expérience ! Fini la fête foraine de papa, les parcs de loisirs à la noix ! Tenez, les gaufres, au BRP, vous savez ce qu'on met dessus ?

— Euh… du sucre glace ?

— De la coke ! Et les stands de tir ? Vous savez sur quoi on tire, dans les stands de tir du BRP ?

— Je ne sais pas, moi… des… ballons qui gigotent ?

Cette fois il rit franchement.

— « Des ballons qui gigotent » ! Qu'il est naïf ! Mais non ! On tire sur des animaux, évidemment ! Pas en peluche, hein… des vrais !

— Mais… à bout portant ?

— *Of course !* Et pour les plus fortunés de nos clients, on donne même la possibilité de tirer sur des animaux en voie de disparition : pour nous, c'est le jackpot ! Et boum, un lion ! Et boum, un tigre ! Et boum, les derniers éléphants, les derniers gorilles, les derniers rhinocéros… on s'en fout, on les a tous déjà recréés en réalité virtuelle ! C'est qu'on pense à nos enfants, nous…

Je reste sans voix. Il en profite :

— … Enfin, quand je dis qu'on pense à nos enfants… ça dépend lesquels, reprend-il en observant ma réaction au-dessus des verres de ses lunettes.

Cette fois, j'émets un son.

— Vous me faites peur… ça veut dire quoi, ça ?

— Ça veut dire que, dans nos attractions, on a aussi changé les lots à gagner.

— Je ne vois pas le lien, là.

— Oh, vous allez vite comprendre. Avant, dans les fêtes foraines traditionnelles, quand un joueur gagnait à la pêche à la ligne ou au chamboule-tout, il avait droit à un lot, une poupée par exemple. Vous êtes d'accord ? Eh bien, au Big Real Park, le joueur a toujours droit à une poupée. Mais humaine.

Je m'étrangle :

— Attendez, vous voulez dire… une gamine ?

— Ou un gamin. C'est selon.

— Mais c'est abject !

— Non. C'est pour jouer avec. Il y a des amateurs. Je vous parie qu'ils vont venir par avions entiers.

— « Jouer avec »… je préfère ne pas comprendre.

— Ce à quoi je vous réponds encore : adrénaline, goût du public, cœur de cible, croissance. Oh ! là, là, vous êtes un sensible, vous… c'est à me demander si je vais vous parler de notre attraction phare.

Je regarde Barnes avec un dégoût mêlé d'étonnement : de l'homme jovial qui m'a accueilli tout à l'heure ne reste qu'un monstre froid, enfoncé dans le cuir de son fauteuil design et assez content de son effet. J'ai beau m'en défendre, mais les rôles sont en train de s'inverser : c'est moi qui suis observé, à présent. Et c'est peu dire qu'il n'est pas affecté par ma pathétique petite contre-attaque :

— Attraction phare ? je gronde. Quoi, vous avez mieux à m'annoncer que des gens qui se noient pour survivre, des enfants sextoys et la fin de la faune sauvage ?

— Je le crains…

— Ah bon ? Et c'est quoi, votre surprise ? Des *snuff movies* vendus en distributeurs automatiques ?

— C'est à l'étude. Mais nous avons mieux.

— Des soirées mousse pour ados avec distribution de pilules du lendemain ?

— Vous me donnez des idées.

— OK, finissons-en.

Il triomphe.

— Je vous le donne en mille : du paintball ! Mais du paintball un peu particulier. Je veux dire sans billes de peinture. Plutôt à balles réelles, quoi. Le principe est enfantin : on fait en sorte que des communautés de visiteurs se détestent, on crée des guerres de toutes pièces, les gens se tirent dessus et, nous, on filme et on envoie sur les réseaux sociaux. Et attendez, rien ne se perd ! Tous les squelettes et les cadavres que nous ramassons terminent dans nos trains fantômes ! C'est notre côté écolo, on recycle.

Cette fois, je regarde au plafond pour chercher des caméras. Peut-être suis-je utilisé à mon insu dans le cadre d'une expérience, cobaye chargé de nourrir l'invention d'une attraction inédite. Mais rien. Barnes me fixe, imperturbable. Sentant la nausée me gagner, je suis envahi d'une angoisse : dans l'univers aseptisé de ce bureau, existe-t-il seulement des toilettes ? Des toilettes pour m'y ruer et pour vomir, au cas où ? Je ne lui ferai pas ce plaisir. Tenir, tenir jusqu'au bout, voir jusqu'où ça va.

— Ça va ? me demande justement mon interlocuteur, d'une voix huileuse comme un beignet.

— Ça va…

— Vous êtes bien pâle…

— Un petit coup de mou… je me demandais juste…

— Oui ?

— … si vous avez un exemple de ces guerres factices dont vous parliez il y a un instant. Enfin, si vous avez à ce sujet des projets dans vos tiroirs.

Barnes se rengorge, trop content.

— Bien sûr, que nous avons ça, me répond-il. En ce moment par exemple, nous sommes en train de réactiver un War Game pas dégueu d'il y a quelques années : les Baudruches contre les Barbes-à-Papa. D'un côté des gens bien blancs, bien nourris et imberbes, qui défendent une civilisation du plaisir à laquelle ils tiennent beaucoup – et quand je dis plaisir, c'est *tous* les plaisirs. Et de l'autre, des porteurs de longues barbes qui n'ont qu'une idée, faire rendre gorge à cette débauche généralisée. Franchement, ça peut être du grand spectacle. Du très grand spectacle.

J'ai envie de hurler.

— Mais c'est monstrueux ! Vous attisez la haine ! Sans compter que ça peut très mal tourner !

— Bien sûr ! Et alors ? Dans ce cas, on envoie les Pralineurs. Vous qui aimez la fête foraine de la grande époque, les pralines, ça doit vous dire quelque chose…

— Quel rapport ?

— Disons qu'on parle ici de pralines au sens… figuré.

— … ?

— Dans nos souvenirs de gamins, à vous comme à moi, les pralines, ça faisait au pire un peu mal au ventre, ou mal aux dents… mais les pralines dont je parle, celles des Pralineurs, c'est un peu différent : à trois kilomètres, une seule d'entre elles peut exploser le coffre d'une de nos banques suisses ! Ha ! Ha ! Ha !

Cette fois c'en est trop. Je décide de le couper net. Non pas en lui enfonçant un coupe-papier dans le ventre ou en lui faisant avaler de force son dictionnaire de citations. Mais en lui posant de façon assez minable cette question anodine :

— Excusez-moi… je peux utiliser vos toilettes, s'il vous plaît ?

Son sourire redescend à la manière d'une fusée foirée à la fin d'un feu d'artifice :

— Bien sûr. Il y a celles des invités.

Il me montre la direction. À mon approche, par détection photomagnétique, une bibliothèque s'efface entièrement pour me laisser entrer dans un sanctuaire, tout de marbre blanc, dans lequel flotte un parfum de jasmin et quelques notes de Vivaldi. Le temps de comprendre comment ça marche – la cuvette rétractable, la chasse par déplacement d'air, le robinet à cristaux liquides –, j'ai le temps de réfléchir. Et alors que le miroir me renvoie le reflet de mon visage, et que j'en suis à me demander si c'est bien moi que je vois et non un robot-hologramme moins joli que Cybelle mais tout aussi factice, une idée me vient. Oh, pas vraiment une idée, juste une question que je souhaite opposer à Barnes pour me persuader que je suis encore vaguement humain. Que j'ai vaguement un cœur, des tripes. À moi de jouer, maintenant.

— J'ai cru que vous ne reviendriez pas, persifle Barnes en me voyant réapparaître.

— Ah bon, et pourquoi ?

— Vous semblez tellement m'en vouloir.

— Non, non, c'est juste que…

— Allez-y. Il me reste quelques minutes. Pour la suite, nous reprendrons une autre fois.

Ne pas mollir. Aller jusqu'au bout. Ne pas s'arrêter.

— Votre Big Real Park… il est encore dans les cartons ?

Cette fois, Barnes semble surpris par la question. Il reprend son fameux ton de communicant :

— Nous sommes déjà très avancés. Il y a même eu une simulation grandeur nature, une sorte de… pilote à taille réelle. Mais pendant les essais, nous avons eu un problème de climatisation : il faisait trop chaud, les glaces fondaient, et nous avons même eu des inondations. Des cornets sans glace, dans la fête foraine du futur, ça fait mauvais genre.

— Plus vrai que nature, en effet…

Mon sourire me trahit, Barnes réagit aussitôt :

— Que voulez-vous dire ?

— Qu'avec vos inondations, vous apportez de l'eau à mon moulin… enfin, si j'ose dire…

— Mais quoi ? Quels moulins ? s'impatiente Barnes.

— Sérieusement, on ne vous a pas prévenu ?

Cette fois, je sens la panique le gagner. Et la sueur qui perle sur son front n'a rien à voir avec un problème de climatisation. Je sonne l'hallali :

— Je veux dire : tous ces millions investis, vous ne trouvez pas que c'est dommage ?

— MAIS QUOI ? DOMMAGE POURQUOI ? éructe Barnes, perdant complètement son humour.

Je savoure mon plaisir. Même si, à l'image de l'énergie du désespoir, c'est un plaisir bien triste.

— Vous me demandez pourquoi ? Mais parce que votre Big Real Park, monsieur Barnes, il existe déjà. Depuis longtemps, en plus.

— Qu'est-ce que vous racontez ?

— Eh oui ! Désolé, mais l'idée est déjà prise.

Barnes sort de ses gonds.

— Vous délirez ! On sait tout sur la concurrence. Tout ! On a des espions, figurez-vous. S'il y avait une once de début de projet similaire, je serais au courant. Mais ce n'est pas le cas. Et je suis parfaitement tranquille.

Son regard dément totalement ce qu'il vient de dire. Dans son œil se lit bien plus que de la panique : une peur abyssale, une peur interrogative. Je lui dois au moins d'y répondre sans tarder.

— Il ne s'agit pas de concurrence, monsieur Barnes. Il s'agit de quelque chose qui existe *vraiment*. Pas quelque chose de « *real*-je-ne-sais-quoi ». Bien mieux : quelque chose de réel. Avec des attractions parfaitement conformes à tout ce que vous avez évoqué.

— Tiens donc ! Et comment s'appelle cette merveille, je vous prie ?

— La Terre.

— Hein ?

— Mais oui ! Notre Terre, tout bêtement. Cette bonne vieille Terre que nous peuplons, ce monde et ces gens dont vous parlez si bien, mais que vous avez perdus de vue, enfermé que vous êtes derrière vos graphiques, vos études, vos concepts… et vos écrans, justement. Or la Terre, entre nous, dans le genre parc de loisirs, c'était plutôt pas mal foutu, avant, vous ne pensez pas ? On y trouvait, comme vous dites, de vastes « plans d'eau », des piscines bien bleues, des jardins fleuris, des zones forestières, des aires de pique-nique immenses. Des vagues pour s'amuser, de la neige pour glisser, des patinoires à l'infini, des bacs à sable géants pour faire des châteaux. Des aquariums fabuleux, des montagnes, russes ou pas russes, des réserves sans barrière, des volières sans barreaux. Bref, pas mal d'aménagements pour que les gens vivent heureux.

— Et alors ?

— Et alors ? Et alors, c'est après que ça s'est gâté. Après que les hommes ont conçu leurs attractions. Vous savez, les attractions ! Celles-là mêmes que vous avez décrites ! Les roues de la Fortune, les ploufs de ceux qui tombent à l'eau, les poupées à gagner, les stands de tir grandeur nature, le paintball à dominante rouge… et même les glaces qui fondent. Alors vous savez quoi ? Votre Big Real Park, franchement, autant le garder dans vos cartons. Je vous l'ai dit, ça existe déjà !

— Et… ça marche ?

— Quoi donc ?

— Ben… la Terre ? Y a trop longtemps que je ne l'ai pas visitée, je ne me rends plus compte. Ça marche, comme parc d'attractions ?

— Plus trop, non. Trop de monde, trop de saletés sur les pelouses, trop de pipi dans les piscines, trop de fumées de saucisses grillées. Des risques d'inondation partout. Et puis cette chaleur… Vous savez quoi ? À mon avis, ça va finir par fermer.

L'œil de Barnes se rallume.

— Y aura un marché à prendre, alors ?

— Bien sûr ! Sur Mars ! Faudra juste faire des tarifs de groupe, parce que, pour les transports, ça risque d'être plus cher que le RER.

— Ah bon ? Mais…

Mais rien. Le silence. Seulement un silence, qui s'étire sérieusement. Cette fois, Barnes est séché. À cet instant, il a l'air d'un type suspendu au-dessus du vide. Un vide de 114 étages, très précisément. Ce qu'il voit de ses yeux écarquillés, mouillés par l'angoisse absolue, c'est un gouffre, en effet. Pire qu'un gouffre réel : un gouffre financier.

À pas de loup, je décide de me retirer, de le laisser ainsi, immobile, prostré, en train de mesurer la profondeur de ses désillusions. Puis je m'éloigne discrètement vers la sortie, histoire de reprendre dans l'autre sens la fusée-ascenseur qui m'a propulsé dans les hautes sphères. Avec un peu de chance, je vais recroiser Cybelle.

Quelques jours plus tard, c'est d'ailleurs elle qui va m'apprendre, par message crypté, que le dircom de la REC s'est tué en voiture. En percutant un autre véhicule à plus de trois cents kilomètres-heure. Un suicide, sans aucun doute, mais que la compagnie saura maquiller à sa façon. Dans son communiqué officiel, il sera ainsi mentionné que Michael Barnes, au moment de trouver la mort, était en train de tester, en grand professionnel, une nouvelle génération d'autotamponneuses.

Éric GIACOMETTI
&
Jacques RAVENNE

Nuit d'ivresse

Dans le vacarme des basses qui rebondissait sur la façade, Alex lança un cri que personne n'entendit. Un de ces cris qu'il n'avait pas poussés depuis l'enfance. Vraiment, ça faisait du bien de hurler comme un sauvage, d'avoir tombé veste et chemise pour danser tel un damné au bord d'une piscine qui sentait plus le champagne que l'eau chlorée. Et, quarante ans ou pas, question danse et alcool, Alex pouvait en remontrer à tous ces jeunots, frais sortis de leur école de commerce, qui se trémoussaient autour de lui. Bon, il avait le poil un peu grisonnant sur le torse et une demi-lune de bedaine sous le nombril, mais il était encore séduisant, et il ne comptait pas finir la nuit tout seul. D'ailleurs, les jeunes femmes habillées en mouchoir de poche rayonnaient de tentation autour de lui. Et pour fêter ça, rien de tel que de s'enfiler un de ces cocktails au reflet de lagon, posé sur la table d'à côté. Il saisit un verre et le vida d'un trait. Aussitôt, il reconnut le goût du rhum, sucré et parfumé, mais il y avait quelque chose de plus, de plus sec, de plus raide. Quelque chose qui n'avait pas mûri sous le soleil des tropiques… Il comprit quand son plexus arrêta de vibrer avec la musique et que le poids du ciel tomba sur ses épaules. De la vodka, de ce maudit alcool russe qu'il ne supportait pas. Par sécurité, tant que ses jambes le portaient encore, il alla s'échouer sur un muret qui longeait la piscine. Une fille passa près de lui dans un éclat de rire sans lui jeter un regard. « Je pourrais crever… » Sa respiration devenait de plus en plus saccadée, et une barre de plomb remplaçait sa nuque. « Faut que je m'étende, sinon je vais m'effondrer et, là, bonjour la réputation… » Même ivre, Alex n'oubliait pas que le propriétaire du domaine où il faisait la fête était son patron. Un de ces jeunes *startupper* au succès insolent, qui vous tapait sur l'épaule le sourire aux lèvres mais pouvait vous mettre à la porte simplement parce que vous ne mangiez pas vegan. Un de ces nouveaux tartuffes que la vue d'un steak saignant faisait pleurer sur la maltraitance animale mais qui pouvait faire exploser les statistiques de Pôle emploi à lui tout seul.

Mais bon, c'était le boss ! Alex se dit qu'il allait discrètement monter à l'étage, se trouver un lit et attendre que ça passe. Il rentra dans le salon, évita un couple au sexe indéfini dont les jambes frétillaient sur un canapé, manqua de s'empaler sur un talon abandonné sur un tapis, avant d'atteindre l'escalier en marbre dont la montée lui parut aussi insensée que celle de l'Everest.

— Alors, Alex, un petit coup de trop ?

Il se retourna. Son boss venait de surgir, un club de golf à la main comme s'il allait swinguer parmi les cadavres de bouteille qui s'amoncelaient entre les fauteuils. Il portait une chemise à la blancheur aussi parfaite que sa dentition d'éternel premier de la classe.

— C'est la chaleur...

— Et le mélange champagne-digestif... Je le dis sans cesse... faut passer au vin bio... rien que du naturel... Mais bon, je sens que t'es plus avec moi, là, si ?

— En fait, je cherchais un endroit...

Le boss éclata de rire.

— Alors oublie l'étage, c'est plus des chambres, là-haut, mais une maternité J-9 mois ! Ça se reproduit dans tous les coins !

Alex sourit avec l'énergie du désespoir. S'il ne se posait pas dans les cinq minutes, ce n'était pas une maternité en devenir, mais une morgue en direct, que son patron allait avoir.

— T'as vraiment l'air mal... viens avec moi.

Alex ne se fit pas prier. Ils gagnèrent la terrasse encombrée de danseurs avant de s'avancer sur le gazon où le rythme lancinant de l'arrosage automatique se battait en duel avec les riffs agressifs des guitares électriques. La lutte sonore s'atténua dès qu'ils atteignirent une allée de pierre claire qui serpentait entre les bosquets de laurier-rose. Plus loin, une grenouille solitaire, elle, scandait sa recherche amoureuse de coassements incessants et désespérés. « Elle ferait mieux de se connecter sur Tinder », pensa Alex, que cette idée absurde fit pouffer de rire.

— J'ai acheté le domaine il y a trois ans, expliqua son boss. Un ancien couvent. J'ai fait tomber les vieux bâtiments en ruine, mais j'ai gardé le pavillon du fond. On dit que c'est là qu'on enfermait les moines qui tournaient mal...

— Comment ça ? demanda Alex, que la fraîcheur du jardin, malgré son cerveau en déroute, ressuscitait un peu.

— Ben oui, ceux qui séduisaient les filles du coin, séchaient la messe pour s'humecter le gosier ou bien siphonnaient les troncs de l'église. C'est l'agent immobilier qui m'a dit ça...

— Tu veux dire que c'était une prison ?

— Quelque chose comme ça, oui. Mais rassure-toi, j'ai tout refait ! Du design partout ! Plancher griffé, cheminée relookée, cuisine customisée. Le nec !

La pelouse avait laissé la place à un sous-bois où flottait une odeur entêtante de pin. Ce parfum, à la fois lourd et amer, n'arrangea pas les affaires intérieures d'Alex qui pressa le pas. Ils venaient d'arriver devant une masse sombre. On aurait dit que l'obscurité venait de se coaguler dans un bloc plus épais que la nuit.

— C'est ça, le pavillon ? s'inquiéta Alex.

Un petit clic...

Le boss venait d'appuyer sur une touche de son porte-clés. Un spot s'alluma, dévoilant une porte d'entrée voûtée comme dans une église.

— Eh oui, c'est pas tout jeune, d'ailleurs...

Il fit jouer une autre touche, et l'angle gauche de la façade s'illumina. Contre le mur, une série de trous rectangulaires – certains recouverts de bâches – s'étageaient aussi précisément que les cases d'un damier.

— Des archéologues, ils font des fouilles. Impossible d'y échapper. J'espère juste qu'ils ne vont pas trouver un truc, sinon, j'en ai pour des mois avant de pouvoir me faire un court de tennis...

Alex sentit ses jambes vaciller. S'il n'entrait pas rapidement, il allait s'étaler tête la première, les viscères au bord des lèvres.

— Et voilà, s'exclama son boss après avoir ouvert la porte, ici, tu seras au calme. Je te laisse la télé-commande, elle commande les spots, extérieurs et intérieurs, l'ouverture et la fermeture de la porte d'accès... Moi, il faut que j'aille rejoindre mes invités.

Alex balbutia un remerciement tout en prenant le boîtier, mais son hôte lui tournait déjà le dos, traçant tout droit vers la fête qui reprenait force et vigueur. Quand la porte claqua, Alex chercha désespérément où prendre position pour que son estomac ne le trahisse pas avec violence. Couché ? la tête allait lui tourner. Debout ? c'était l'effondrement garanti. À moins que... il venait de voir un canapé strié de rayures zébrées. La déco était à vomir – à ce mot, une crampe horrible le saisit –, mais, au moins, il serait assis et pourrait peut-être éviter que le tangage de son estomac ne tourne au cauchemar. Il cala sa nuque sur le rebord arrondi, saisit un accoudoir comme s'il était dans un avion sur le point de décol-ler et fixa la fenêtre d'en face. C'était une large baie qui donnait sur la partie la plus touffue du parc. Les spots extérieurs étaient restés allumés, et on voyait la ligne sombre des arbres se découper, en ombre chinoise, sur l'horizon. « Il faut que je me concentre, pensa Alex, que je me concentre sur cet arbre, oui, celui-là, le plus haut, il ne bouge pas, il ne bougera pas le temps que je me remette... je dois avoir un point fixe, un nord magnétique, sinon... » Il ferma les yeux et son menton tomba sur sa poitrine...

Juste avant de sombrer, il entendit le choc sourd des basses qui envahissait le jardin – un imbécile avait dû monter le son à fond – puis le rythme per-cutant d'une batterie qui, brusquement, se changea en un gong funèbre, lourd et menaçant. Surpris,

Alex secoua la tête, il ne fallait pas s'endormir, sinon c'était le cauchemar assuré, mais la fatigue était trop forte. Il tenta de se relever et glissa sur le canapé. Il ne pouvait plus résister. La cloche retentit à nouveau. Pareille à un glas. À croire qu'il devenait fou. Puis il entendit une rumeur monter dans la nuit. Comme des chants funèbres. Le cerveau d'Alex fit un dernier effort pour rationaliser ce qui lui arrivait. Cette cloche qui frappait entre ses tempes, ce chœur mortuaire qui résonnait entre ses oreilles, ça ne pouvait venir que de la fête. Un invité avait dû brancher sa playlist, et les enceintes hurlaient de la musique gothique. C'était ça, ça ne pouvait être que ça. Et d'ailleurs, pour s'en convaincre, il suffisait d'ouvrir les yeux et…

La cloche venait de s'arrêter. Le moine qui tirait sur la corde l'enroula autour d'un crochet puis rabattit sa capuche sur son visage. Seules ses mains, longues et maigres, s'échappaient de la bure. Son poignet gauche tressauta. La peur. Il n'aimait pas se retrouver seul dans l'obscurité. D'ailleurs, c'était la première fois qu'il faisait sonner le glas pendant la nuit. Le son lugubre, porté par le silence, avait retenti dans toute la campagne. Au fond de leurs fermes, les paysans aux aguets devaient se terrer comme des bêtes épouvantées. Même les chiens n'aboyaient plus. Il s'avança devant la porte voûtée et écouta l'obscurité. Malgré le vent qui balayait les bois, il entendait au loin des bribes de psaume qui montaient du chemin. Des voix apeurées qui appelaient à la miséricorde de Dieu. *De profundis, clamavi ad te, Domine*… Du fond du gouffre, je te supplie, Seigneur… Des siècles durant, on avait accompagné les cadavres au son de ces paroles ruisselantes de frayeur. C'était l'hymne de la mort. Le moine fit un signe de croix. Le convoi n'allait plus tarder.

Alex se réveilla en sursaut. La respiration lui manquait. Il se redressa, les yeux écarquillés de terreur, son cœur frappant dans sa poitrine. Il allait mourir, il le sentait. Et puis ces images : le moine tout en noir, la cloche qui sonnait le glas, les chants funèbres... Un moment, il avait cru assister à son propre enterrement. Et en plein Moyen Âge, en plus ! Pour se calmer, il se dirigea vers la cuisine. Il dut se rapprocher des murs pour assurer son avancée, mais il finit par atteindre son objectif. Les mains serrées sur l'inox de l'évier, il contemplait le mitigeur comme le Saint-Graal. Il avait besoin d'eau. D'une eau pure et claire pour oublier ses rêves infernaux. Il ne comprenait rien à ce qui lui arrivait : jamais l'alcool ne lui avait procuré pareils cauchemars. À croire qu'il était possédé. Un verre à la main, il s'avança vers une des fenêtres du salon. Dehors, la campagne était sombre, mais silencieuse. La ligne paisible et immobile des arbres le réconforta un peu. Il s'était d'ailleurs trompé en arrivant tout à l'heure, ce n'était pas des pins, mais des cyprès. Il sourit. S'il était encore capable de distinguer deux types d'arbre, c'est qu'il n'était pas devenu dingue. C'était ce cauchemar macabre qui le perturbait. Si précis, si détaillé. Il voyait encore la main du moine sur la corde qui faisait battre la cloche, pâle, décharnée, la main d'un zombie, oui... Maintenant, il lui fallait un café pour rester éveillé. Et surtout... ne pas se rendormir. Direction la cuisine. Il quitta la fenêtre et passa devant le canapé. À nouveau, la fatigue le

saisit aux épaules. Un bâillement irrésistible lui bala-
fra le visage. Il n'en pouvait plus. La tête lui tournait. C'était la dernière fois qu'il buvait autant.
Juré. En attendant, il fallait qu'il se pose. « Allez,
cinq minutes sur le canapé, pas plus. » Et ensuite,
un espresso serré comme jamais…

Le moine attendait toujours. Derrière lui, le pavillon tout entier gémissait sous le vent. Les vieilles
tuiles, régulièrement soulevées, retombaient en un
bruit sec telle une mâchoire broyant du vide. Sous
la charpente, poutres et liteaux semblaient parcourus
par une armée d'esprits maléfiques. Un véritable
sabbat. Terrifié, le moine n'osait pas se retourner.
Il fixait l'arrivée du chemin d'où montaient les voix
grêles et lugubres qui imploraient le pardon de Dieu.
Entrecoupé par des rafales de vent, le chant funèbre
se perdait entre les ramures des arbres comme aspiré
par la profondeur de l'obscurité. Un instant, le moine
se demanda si l'Apocalypse n'allait pas se produire
cette nuit. Il invoqua la protection de saint Jean, la
miséricorde de saint Pierre et embrassa avec passion
une médaille de la Vierge qu'il portait autour de
son cou. Comme si Dieu l'avait entendu, une lueur
apparut, d'abord hésitante, puis régulière. L'éclat
des torches qui annonçaient le cortège. Le moine
replia ses mains osseuses sur sa poitrine et remercia
le Ciel. Bientôt il ne serait plus seul dans la nuit.

Alex n'osait plus ouvrir les yeux. Il avait trop peur
de se réveiller. Tant qu'il ne voyait rien, il avait
une chance. Une chance de ne pas découvrir qu'il
avait définitivement basculé ailleurs. Il avait encore
dans l'oreille le hurlement lancinant du vent et les

chants morbides des hommes en noir. S'il se réveillait, l'horreur allait le rattraper. Il avait chuté dans le passé sans retour, il en était sûr. Pourtant, sous la paume de sa main, il sentait le tissu rêche du canapé, et son nez captait à nouveau le parfum d'ambiance du salon. Un mélange odorant de pétales de rose et de musc. Pas de doute, il était bien de retour dans le présent, mais au lieu de le rassurer, cette information l'angoissa. Et si les deux mondes s'étaient mélangés, si le cauchemar était aussi devenu réalité ? Déjà il imaginait cette main – celle qui était en train de sonner la cloche – montant à l'assaut du canapé pour sauter à sa gorge et l'entraîner dans l'éternité. De peur, il poussa un hurlement. Sa propre voix devenue un cri d'horreur le terrifia : il s'évanouit.

La procession sortit du sous-bois, précédée de deux hommes qui tenaient chacun une torche dont les flammes éclairaient un groupe de moines serrés comme un essaim d'abeilles. Le vent venait enfin de tomber, et on entendait distinctement le bruissement des flammes pareil à du papier froissé. Les chants s'étaient tus, mais l'atmosphère demeurait lourde. Le moindre bruit, amplifié par la nuit, résonnait étrangement. Pourtant, on n'entendait ni cri d'oiseau ni rumeur de bête. La forêt semblait déserte. Le père abbé sortit du groupe. Sa croix, sur sa poitrine, tressautait comme si elle voulait s'enfuir. Il s'approcha du moine qui se tenait, tête courbée, sous la voûte de l'entrée. L'abbé avait le visage raviné de rides profondes au fond desquelles le regard, alourdi de cernes, semblait se perdre.

— Tout a été fait selon mes ordres ?

— Oui, père abbé.

— Où est-ce ?

Sans lever les yeux, le moine fit un geste vers l'angle du pavillon.

— Juste là derrière.

— Vous avez été discret ?

— J'ai employé des pèlerins de passage. En échange d'un repas, ils ont fait le travail. Ils sont loin, à présent.

L'abbé croisa les mains sous son menton, murmura lentement une prière avant d'ajouter :

— Alors nul ne saura jamais rien. Pour des siècles et des siècles.

Il se tourna vers la procession.

— Il est temps, désormais. Qu'on amène la femme.

Évanoui sur le canapé, Alex avait abdiqué. La peur avait eu raison de lui. Non pas la peur de ce qu'il voyait dans son cauchemar, mais la crainte, plus forte encore, qu'il puisse devenir réalité. Une terreur irrationnelle qui le tenait roulé en position fœtale, tremblant et gémissant comme un enfant abandonné dans l'obscurité. Alex dont le vocabulaire se réduisait trop souvent aux seuls mots magiques de *business* et de *marketing* était sans voix. Le langage l'avait quitté. Il venait d'entrer dans un monde inconnu où ni son numéro de Carte bleue ni son mot de passe FB ne pouvaient l'aider. Dans son rêve maudit, il était condamné à être le spectateur impuissant et terrifié de ses visions. Il ne parvenait même plus à comprendre les causes de son cauchemar. L'alcool, la fatigue... ou alors le lieu était-il un repaire de revenants ? Était-ce lui qui les provoquait par sa présence, ou alors son esprit submergé inventait-il ses propres hallucinations ? Tout son corps se mit à trembler. Plus que tout, il craignait les réponses.

Les deux porteurs de torches se retournèrent vers les moines qui venaient de s'écarter, dévoilant une femme le cou enserré dans un carcan. Autour d'elle, les signes de croix se multipliaient. Frénétiquement. De son collier de métal descendait une lourde chaîne que tenait un religieux armé d'un bâton clouté. Visiblement, il l'avait déjà utilisé, car les épaules dénudées de l'inconnue étaient striées de sang. D'un coup sur la nuque, il la fit avancer. Elle sortait à peine de l'adolescence, la taille étroite et les chevilles fragiles, mais le regard était déjà dur comme si elle avait déjà traversé toute une vie. Elle portait les vestiges d'une robe qui lui tombait en lambeaux sur les genoux, dévoilant des éclats de chair à la lueur des torches. Ulcéré par cette provocation, un des moines cracha par terre de dégoût :

— Sois maudite, chienne lubrique !

Aussitôt, les insultes et les malédictions fusèrent.

— Fille de Satan !

— Traînée de l'enfer !

Plus elle avançait, plus elle semblait jeune, comme une rose cueillie avant même d'être éclose, mais la voix de l'abbé était sans pitié :

— Qu'elle ne bouge plus !

Le gardien saisit la chaîne, l'enroula autour d'un pieu qu'il portait à la ceinture avant de l'enfoncer dans la terre humide à grands coups de maillet de forgeron. Rivée au sol, la femme ressemblait à un animal de foire. Il ne lui manquait plus qu'une muselière.

— Flore de Corbie, tu es accusée par ton village de maléfices, envoûtements et sorcellerie.

La prisonnière ne réagit pas. Son regard s'était planté dans les yeux de l'abbé, qui reprit :

— Par philtres et invocations, tu aurais causé la mort de plusieurs membres de ta communauté. Des hommes mariés, des femmes en âge de procréer et même des enfants en bas âge. Qu'as-tu à répondre à ces accusations ?

Un coup de bâton violemment assené à l'arrière du genou la fit chuter à terre.

— Réponds au père abbé, sorcière, quand il daigne t'interroger.

Le visage tourné vers le sol, la femme secoua la tête sans qu'on sache si elle refusait de parler ou si elle niait les accusations.

— Tu n'as aucun intérêt à continuer à mentir, car, si tu ne te repens pas, c'est l'enfer qui t'attend. Avoue, et ton âme sera peut-être sauvée.

Un rire sonore balaya le visage de la jeune femme. En un instant, elle avait retrouvé l'insolence de sa jeunesse.

— Tu riras moins quand le diable te précipitera en enfer et que tu te tordras de douleur au milieu des damnés ! Qu'on prépare sa tombe. Elle mourra les yeux ouverts.

Impuissant, Alex assistait à la scène qui s'enchaînait de manière implacable. En un instant, deux moines avaient saisi Flore et la conduisaient à l'angle du mur du pavillon. D'un signe de tête, l'abbé montra une large dalle posée au sol à côté d'un tas de terre fraîchement remuée.

— Retournez-la.

Les religieux restants s'attelèrent à la tâche et, la pierre une fois basculée, dévoilèrent une fosse creusée en profondeur. Sur son canapé, Alex se mit à gémir. Il avait toujours eu horreur des trous, sombres et humides. Il avait l'impression que, du plus profond de la terre, des racines allaient le ligoter, l'emprisonner ; des vers le pénétrer, le dévorer de l'intérieur.

— Une dernière fois, Flore de Corbie, reconnais-tu tes crimes ? interrogea l'abbé.

Un regard chargé de défi lui répondit.

— Jetez-la dos contre terre ! Qu'on voie son visage.

Quand le corps de la jeune femme s'écrasa dans la fosse, Alex se débattit comme un damné. Il sentait le sol froid et dur contre son dos et les mottes de terre humide qui rebondissait sur son visage. Flore tenta de se relever. Elle leva les mains pour agripper les parois, mais déjà les premières pelletées tombaient sur son corps. En quelques instants, on ne vit plus ni ses jambes ni ses bras, bientôt seul son visage surnageait encore de la terre noire qui l'ensevelissait.

— Une dernière fois, Flore de Corbie, s'exclama l'abbé, avoue tes crimes !

Un hurlement lui répondit. L'abbé désigna la lourde dalle à côté de la fosse.

— Retournez la pierre.

Il jeta un dernier regard à la jeune femme.

— Qu'on en finisse.

— Pourquoi tu hurles comme ça ? On t'entend du jardin !

Alex se réveilla en sursaut. Face à lui se tenait son boss qui tentait de l'empêcher de rouler par terre.

— La morte… la morte… au fond du trou…

— Tu es fou ou tu as pris un truc, c'est pas possible !

La bouche pâteuse, Alex secoua la tête.

— Ils l'ont tuée… je l'ai vue… au fond du trou… la terre… dans la bouche…

Son boss s'écarta. Alex avait le front en sueur, les yeux veinés de sang, les mains incontrôlables.

— Toi, tu as fait le cauchemar du siècle. Normal, avec ce que tu as descendu. Mais maintenant tout est normal. Tu es de retour dans la vraie vie. Regarde ce soleil.

Titubant, Alex se leva en direction de la fenêtre. La cime des arbres baignait dans un bleu profond. Tout n'était que beauté, calme et sérénité.

— Je ne comprends pas, balbutia Alex, je l'ai vue, entendue, elle a crié quand ils l'ont jetée dans la fosse.

— Mais qui ?

— Les moines ! Ils ont amené une fille au milieu de la nuit, ils l'ont accusée d'être une sorcière et ils l'ont tuée…

Tout en ouvrant la porte d'entrée sur le jardin, son patron éclata de rire.

— Tu sais depuis quand il n'y a plus de moines, ici ? Des siècles ! Allez, viens, on a préparé un brunch d'enfer sur la terrasse. Rien que des produits bio et garantis commerce équitable, si avec ça tu retrouves pas tes esprits…

— Pourtant, je suis sûr d'avoir vu cette fille…

— Et moi je te dis que tu as bu comme un enfoiré et que ta fille elle existe pas plus que…

Un bruit sourd lui coupa la parole. À l'angle de la façade, des hommes casqués s'affairaient, des leviers à la main.

— Les archéologues... Je les avais oubliés, ceux-là ! Alors, messieurs, ces fouilles, ça avance ? Parce que j'ai un permis de construire en attente, moi.

L'un des hommes répondit avant de s'arc-bouter sur son levier.

— On va vite le savoir. Allez les gars, on la fait basculer, cette pierre.

À moitié enfoncée dans le sol, une dalle noircie vacilla, s'éleva pour finir par basculer dans l'herbe. Alex s'avança, juste derrière son patron.

Une fosse venait d'apparaître.

Alex sentit un frisson saisir sa nuque. Il ne voulait pas avancer plus, comme si, du fond du trou, un tas grouillant de serpents allait lui sauter au visage.

« Des ossements... »

Son rêve était donc vrai. Un message *post mortem* envoyé par-delà les siècles par cette pauvre fille martyrisée.

Son pouls s'accéléra. Il s'appuya contre le mur, les jambes tremblantes. Ce n'était pas possible. On ne l'avait pas réveillé. Le cauchemar continuait.

Deux des archéologues s'étaient glissés dans le trou. On entendait le raclement des pioches dans la terre.

La voix furieuse de son patron résonna dans l'air doux du matin.

— Putain, un macchabée ! Manquait plus que ça ! Il va falloir appeler la police. Les formalités. L'enquête... Eh merde.

Alex s'entendit répondre d'une voix mécanique :

— C'était une sorcière... Les moines... Ils l'ont...

— Ah, ça suffit avec tes conneries, Alex, répondit son patron en se tournant vers les archéologues. Merci, messieurs. Pile en plein milieu de ma fiesta.

L'un d'entre eux ressortit la tête de la tombe et exhiba un os grisâtre et racorni aux extrémités. Son visage affichait un sourire enfantin.

— Messieurs, je vous annonce que notre découverte fera date dans les annales de l'archéologie.

Il lança son trophée au pied du propriétaire.

Alex ne put s'empêcher d'approcher.

Le visage de la martyre l'obnubilait. Son regard sombre. Promis à la mort.

Alex réprima le dégoût qui montait en lui. On ne pouvait pas traiter de la sorte les restes de cette femme. C'était un blasphème.

Il jeta un regard méprisant au scientifique.

— Vous devriez avoir honte. C'était un être humain.

L'archéologue partit d'un grand éclat de rire.

— Ça m'étonnerait beaucoup. Ça, c'est un bout… de cochon ou de sanglier.

Le patron d'Alex ramassa l'os, et une expression de soulagement apparut sur sa face goguenarde.

— Tu avais raison, Alex. Tes moines organisaient des flambées. Mais c'étaient des barbecues ! Retourne à la *party* et va te prendre un ti-punch bio pour te remettre de tes émotions.

Cinq minutes plus tard, il était devant le buffet baigné de soleil, attendant son tour dans la file qui s'étirait devant une longue table recouverte d'une nappe blanche immaculée. Un serveur s'affairait au son d'une musique lounge et insipide.

Alex prit une serviette de papier et s'épongea le front.

La tombe d'une sorcière.

Comment avait-il pu croire une seule seconde à ces bêtises ?

Jamais de sa vie il ne s'était senti aussi ridicule. Il prit la ferme résolution d'arrêter avec les séries fantastiques sur Netflix. Ou alors c'étaient les infos à la télé. Il y avait eu cette macabre découverte de sept types décapités dans les catacombes à Paris, rue Saint-Jacques.

Ça lui était sûrement monté au cerveau.

Son smartphone vibra dans la poche de sa veste. Il jeta un œil blasé à l'écran. L'alerte info clignotait en rouge. Une tentative d'attentat contre le pape venait d'avoir lieu au Vatican. Un tireur aurait déjoué les services de sécurité. La courte vidéo montrait une foule en panique qui courait dans tous les sens.

Au moment où il allait ouvrir un lien, une main se posa sur son épaule. Une voix féminine jaillit derrière lui.

— Monsieur, excusez-moi, c'est à votre tour.

Alex leva le nez de son portable, il n'y avait plus personne entre lui et le serveur. Il tourna la tête pour s'excuser.

Son sang se figea.

Une jeune femme se tenait face à lui. Elle portait une robe noire, les cheveux tirés en arrière. Il la reconnut sans une hésitation.

La femme de son cauchemar.

Flore.

La sorcière.

Elle le dévisagea longuement puis dirigea un index sur son smartphone.

— Vous n'avez pas l'air bien, une mauvaise nouvelle ?

— Euh… le pape, balbutia Alex d'une voix blanche.

C'était une hallucination. Pourtant, elle était là. Debout. En chair et en os. Aussi réelle que le décor qui les entourait.

— Le pape. Vraiment ? dit-elle avec malice.

— Oui… un attentat… À Rome.

Elle hocha la tête et afficha un curieux sourire. La nouvelle ne semblait pas la bouleverser.

— Je peux vous confier un secret, cher monsieur ?

— Euh… oui.

Les yeux en amande de la jeune femme se plissèrent. Son regard devint presque félin.

— Je compatis. Mais voyez-vous, l'Église catholique, c'est pas mon truc.

Karine GIEBEL

Dans les bras des étoiles

Lumières, tout autour de moi. Comme si les étoiles avaient daigné se pencher sur nous, pauvres mortels. Petites ampoules qui clignotent dans la ville glacée, pressée, agitée, en proie à une soudaine boulimie.

Le 24 décembre, déjà. Pour moi, ce sera encore un Noël avec Sam. Mon plus fidèle ami.

Mon seul ami.

Mais après tout, je n'ai besoin de personne d'autre.

Nous marchons côte à côte sur un trottoir qui brille d'une pluie fine et pénétrante. L'enseigne tape-à-l'œil de la pharmacie me rappelle qu'il est 18 heures, qu'il fait deux degrés. Sans doute pour ça que j'ai si froid.

Je regarde Sam en souriant.

— Tu m'attends là, hein ?

Tandis qu'il s'installe près d'un banc, j'entre dans la supérette. En semaine, elle reste ouverte jusqu'à 20 heures, mais ce soir, réveillon oblige, elle fermera dans peu de temps. J'attrape un panier au passage et m'aventure dans les rayons. J'ai l'habitude de venir ici faire quelques achats. Je rase les étals débordants de fruits venus de pays où il doit faire chaud, de légumes frais et, à l'occasion des fêtes, de plateaux colorés garnis de pâte d'amande et autres sucreries. Je me faufile entre les piles de boîtes de chocolat déjà en solde. Tout va si vite...

Au rayon alcool, je prends une grande canette de bière. Ce sera mon champagne, ce soir. J'aurai au moins les bulles. Et l'ivresse, avec un peu de chance.

Dans les frigos, je choisis une barquette de jambon sous vide. Je sors l'argent de la poche de mon pantalon. Dans le creux de ma main, quelques pièces. Je compte rapidement mon butin et m'aperçois que j'ai de quoi ajouter une seconde canette de bière ainsi qu'un paquet de cookies dans mon panier presque vide. Festin de roi !

Je prends encore quelques minutes pour contempler les victuailles derrière les vitres. Foie gras, terrines, chapons, saumon fumé... Tous ces sacrifiés de Noël que je placerais volontiers sur l'autel de ma faim perpétuelle.

La caissière répond à mon bonsoir. Je vis dans le quartier depuis pas mal de temps, elle me connaît et m'aime bien, je crois. Elle scanne les articles que je mets dans mon gros sac à dos avant de déposer la monnaie sur le tapis. Des pièces de dix, vingt ou cinquante centimes, quelques euros. Ce que Sam et moi avons gagné aujourd'hui.

Notre infortune quotidienne.

— Vous réveillonnez en famille ? demandé-je.

— Avec mon fils, me répond-elle. Il a neuf ans !

— C'est quoi, son cadeau ?

— Un jeu vidéo.

— Il va être super content... Il a de la veine de vous avoir ! Bonne soirée.

Elle n'ose pas répondre « vous aussi » mais m'adresse un sourire chaleureux, même s'il est un peu triste. J'ai envie de lui dire de ne pas s'en faire pour moi. Parce que ça ne sert à rien, finalement. Ça me réchauffe quand même le cœur.

Je rejoins Sam dans la rue. L'enseigne de la pharmacie m'apprend qu'il ne fait plus que un degré. Nous lui tournons le dos pour repartir en direction des quais.

— Tu vas voir, j'ai acheté plein de bonnes choses… On va se péter le ventre, mon vieux !

Tandis que nous traçons notre chemin au milieu des grappes de gens pressés de regagner leur foyer pour y festoyer, je repense soudain à mon sixième Noël.

Je me souviens du sapin en plastique blanc posé sur un meuble, dans un angle de la vaste pièce. Quelques boules rouges et argentées. Un truc tout fait, décoré à l'avance et qui ne perd pas ses aiguilles. Un arbre sans sève ni odeur, tout droit sorti d'une usine chinoise.

Je me souviens des paquets, posés juste à côté, qu'on n'a pas encore le droit de toucher. La grande table rectangulaire dressée pour ce repas de fête. Assiettes dorées en carton, verres en plastique, quelques guirlandes comme des chenilles de feu qui rampent sur les murs.

Je me souviens des enfants surexcités qui rient, chantent et dansent autour d'un vieux barbu, père Noël d'un soir que j'ai reconnu sous son déguisement.

Je viens d'avoir six ans et, déjà, je ne crois plus en lui.

Plus en rien.

Je me souviens de moi, perdu au milieu des autres. Peur au ventre, douleur au cœur.

Le chagrin, partout.

Parfois, ma mémoire me joue des tours. Usée par l'errance, le froid et la solitude, elle n'est plus aussi fiable qu'avant. Mais ce soir-là, je ne peux pas l'oublier.

Mon premier Noël en foyer.

— Magne-toi, Sam !

Il me rejoint bien vite, et nous traversons le boulevard dès que le feu passe au rouge. Puis nous descendons l'escalier qui mène aux berges.

Le fleuve est calme, traçant son chemin dans la nuit et le ventre de la grande cité. Il était là bien avant nous, bien avant le béton, les ponts ou les immeubles cossus. Bien avant les écluses et les péniches. Je ferme les yeux, essayant d'imaginer comment c'était quand la ville n'existait pas. Quand le fleuve était sauvage, indompté. Quand il n'était pas souillé par les humains ni enfermé dans sa prison de pierre. Quand il traversait des plaines immenses, désertes et balayées par les vents. Quand ses berges étaient friables, son lit infini.

Quand il était libre.

Nous avançons sur le quai et nous arrêtons sous un pont. Ici, au moins, on est à l'abri. Je soulève une bâche en plastique, récupère les affaires laissées la veille au soir. Une vieille couverture beige, sale et trouée ; une guitare qui n'a plus que deux cordes, dégotée dans une poubelle ; une polaire que m'a offerte Vicky, un soir d'octobre.

Mes trésors de guerre.

Cet endroit, c'est chez moi. Chez nous. Personne n'ose nous disputer ce misérable royaume.

J'étends la couverture sur le pavé et m'y assois, face au fleuve dans lequel les lumières de la ville viennent agoniser. Je sors le repas de mon sac à dos, et Sam, installé tout près de moi, se lèche les babines.

— Tu as faim, hein, espèce de bâtard !

Il remue la queue, baisse les oreilles. Lui et moi, on s'est rencontrés il y a trois ans sur un terrain vague. Il ne portait pas de collier, mais une énorme blessure à la patte. Avec quelques pièces, j'ai acheté de quoi le soigner.

On ne s'est plus jamais quittés.

Au cœur des nuits sans sommeil, j'appelle ma mère dans un murmure sans fin.

Je viens d'arriver dans le foyer. À peine deux jours avant Noël. Un lit simple, une petite armoire pour ranger mes affaires récupérées à la va-vite chez mes parents. On a essayé de me rassurer, de me dire que, ici, on va bien s'occuper de moi.

Mais rien ni personne ne peut me rassurer.

Mon monde vient de s'écrouler.

Je suis perdu.

Terrifié.

Terrassé.

Chaque jour, je vais dans le bureau d'une dame qui a l'âge de ma mère et me parle doucement. Elle me pose des tas de questions, voulant apprivoiser les démons qui hantent mon esprit, tentant de disséquer mes cauchemars.

Sauf que je ne dors plus.

La peur me tient éveillé.

Je ne réponds jamais à la dame.

J'ai oublié les mots. Perdu le chemin de la parole.

Sam est un bâtard. Mélange entre un labrador et je ne sais trop quoi. Il a de grands yeux noisette où se lit le pardon, l'amour, la vérité. Dans son regard, il y a parfois bien plus que dans celui des gens que je croise chaque jour.

Sam a eu l'occasion de se tirer mais il est resté avec moi. Il y a un an, quelqu'un a proposé de l'adopter. Un vieux monsieur qui venait de perdre son chien et habitait une maison avec un jardin. Sam aurait pu être heureux, là-bas. Manger à sa faim chaque jour, dormir sur une couverture près d'une cheminée. Peut-être même sur un canapé.

J'ai accepté de laisser partir mon chien en me disant qu'un jour quelqu'un proposerait de m'adopter, moi aussi. Mais une semaine plus tard, le type m'a ramené Sam en me disant qu'il se laissait mourir de faim sans moi.

Les premiers temps, j'ai refusé de manger. Je crois que je voulais mourir. Parce que je ne voyais pas comment oublier.

Ils ont été obligés de m'envoyer à l'hôpital où on m'a collé une perfusion dans le bras.

L'hosto, encore pire que le foyer.

Alors, j'ai capitulé.

Puisqu'on ne voulait pas me laisser mourir, j'allais faire semblant de vivre...

J'ouvre la barquette de jambon, laisse les quatre tranches à Sam. Il les a bien gagnées. C'est souvent grâce à lui que les gens me filent quelques pièces.

— Joyeux Noël, mon vieux !

Il se jette sur la bouffe tandis que je l'observe en souriant. J'enfile mes mitaines en laine avant d'entamer ma première bière. Elle est glacée.

— À la tienne, Sam !

J'attrape un petit livre dans mon sac à dos et contemple la couverture. C'est une dame qui me l'a offert. Elle habite au-dessus de la supérette et je la vois presque chaque jour quand elle vient faire ses courses. Elle ne me file jamais d'argent, peut-être qu'elle n'en a pas beaucoup. Mais ce matin, elle m'a donné ce bouquin en me disant que la nourriture de l'esprit était importante, aussi. Je l'ai remerciée, n'osant lui avouer que je ne suis qu'un pauvre illettré à qui il faut dix minutes pour lire une ligne !

Grâce à la lumière du lampadaire, je déchiffre le titre à voix haute.

— *Chiens perdus sans collier.*

Sam dresse l'oreille avant de se coucher tout près de moi.

— Elle manque pas d'humour, j'te jure… !

Des chiens perdus sans collier, voilà ce que nous sommes, lui et moi. C'est peut-être un livre intéressant qui m'apprendrait des choses. Mais ça, je ne le saurai jamais.

Il faut retourner à l'école en milieu d'année. Une nouvelle école où les autres me toisent bizarrement.

Moi, le petit garçon de la DDASS. L'enfant du malheur.

On essaie de m'apprendre à lire, à écrire. Mais rien ne semble pouvoir venir prendre racine dans ma cervelle. Comme si elle avait fondu dans l'incendie ayant consumé mon existence. Je tente de former les lettres, mais ne parle toujours pas. Les mots restent coincés, refusant de sortir.

Pendant la récré, je m'assois dans un coin et regarde les autres jouer. J'écoute leurs cris pour oublier ceux qui résonnent sans cesse dans ma tête.

Il y a ceux qui répondent à mes bonjours, à mes sourires. Ceux qui ne me regardent pas.

Peut-être que ça leur fait trop mal de me voir sur le trottoir. Peut-être que je les dérange.

Peut-être qu'ils s'en foutent.

Il y a ceux qui me donnent quelques centimes, un billet de cinq euros, un ticket restaurant. Ceux qui m'offrent une clope, m'achètent un pain au chocolat ou un paquet de croquettes pour Sam.

Il y a ceux qui me dévisagent avec dédain ou pitié. Qui pensent que je suis une épave, un moins que rien. Même pas un homme. Que je ferais mieux d'aller bosser.

Peut-être qu'ils ont raison.

Mais ils ne me connaissent pas, ignorent tout de mon histoire. À leur décharge, mes plaies sont invisibles. Pour les voir, il faudrait regarder au fond. Tout au fond de moi.

Il y a ceux qui me parlent de longues minutes, me confiant leurs petits tracas quotidiens.

Parfois, depuis mon trottoir, je regarde une jeune femme qui passe par là sans me voir.

Pour certains, je fais partie du décor, comme le banc ou le panneau d'affichage. Je suis transparent.

Pour d'autres, je suis une blessure, un cauchemar. Une souffrance.

Mon septième Noël. Une belle et grande maison avec quatre chambres.

Mais ce n'est pas ma maison.

Après six mois de foyer, on m'a placé chez ces gens. Gentils et attentionnés, ils se préoccupent beaucoup de moi.

Moi, qui n'arrive toujours pas à prononcer la moindre parole. Je parviens tout juste à leur adresser un sourire timide, parfois.

La psychologue leur a dit qu'il fallait parler.

Parler du drame.

Alors, ils m'en parlent. Même s'ils ne savent rien.

Eux, ils n'étaient pas là. Ils n'ont rien vu, rien entendu.

Ils m'assurent que j'ai un avenir, qu'une vie m'attend quelque part. Que je dois me reconstruire.

Une fois par semaine, ils me conduisent chez un médecin. Un grand type tout maigre qui voudrait que je lui raconte mes cauchemars.

Moi qui ne dors quasiment pas…

Avec Sam, on a nos petites habitudes. On aime bien aller dans le square. On s'assoit sur le banc et on regarde les gosses s'amuser. Souvent, Sam joue avec eux quand les parents sont d'accord.

On rejoint parfois des potes qui squattent la rue comme nous. Parce que la rue, c'est comme une ville dans la ville. Il y a un peuple de la rue. Un peuple d'oubliés, les exilés de la vie.

Un peuple de misère.

On parle, on boit, on fume, on partage le peu qu'on a.

On se tient compagnie, on se tient chaud.

On tient, simplement. Pas vraiment le choix.

Et puis, trois fois par semaine, je passe au centre d'accueil de jour, réservé aux gens comme moi. Un repas, une douche… Un sourire, une confidence. Avant de retrouver la rue et le froid.

Par moments, j'essaie d'imaginer ce que je serais devenu si mon enfance n'avait pas été brisée net.

Je n'aurais pas été un cancre, j'aurais réussi de brillantes études. Aujourd'hui, je serais médecin, avocat ou flic ! J'aurais une belle maison, une belle voiture, de belles obligations.

Mais je ne suis rien.

Un SDF qui végète sous un pont.

Un jour, une femme m'a dit que j'avais un visage d'ange. J'ai dû paumer mes ailes quelque part. Il m'est arrivé de voler, ça c'est vrai. De voler pour manger. Mais je ne suis pas très doué pour ça ! Sans doute parce que maman disait toujours que voler, c'est mal.

Parfois, je reçois la visite des équipes de la maraude. Ils viennent m'apporter un café ou un bol de soupe. Ils me proposent des vêtements ou une place en foyer.

Le foyer ? Non, merci. Mauvais souvenirs. Et puis, ils ne veulent pas de Sam. Je ne vais tout de même pas dormir au chaud et le laisser seul dehors !

Il y a une jeune femme, Vicky, qui fait la maraude un soir par semaine. On doit avoir le même âge, elle et moi. Elle est belle à tomber par terre, mais je n'ose pas le lui dire. Un jour, peut-être…

Nouveau déchirement. J'ai quitté ma famille d'accueil pour retourner au foyer. Parce que, malgré tous leurs efforts, je suis toujours incapable de parler.

Pas la moindre syllabe n'est sortie de ma bouche depuis que…

On me force à consulter un autre psychiatre, qui me répète que ce n'est pas ma faute. Quelle importance ? Partout où je regarde, je vois les cendres de ma vie. Je vois la mort et le sang.

Quand je ferme les yeux, c'est pire encore. Alors, la nuit, je les garde ouverts jusqu'aux premières lueurs de l'aube…

Parfois, il y a du danger. Des mecs qui voudraient me faire la peau. La rue, c'est une zone de non-droit. Mais en général, on me fout la paix. Sûrement parce que je suis grand et baraqué et que je rends chaque coup qu'on me donne. Parce que Sam, qui est le clébard le plus brave du monde, peut devenir une bête féroce si on s'en prend à moi.

J'ouvre le paquet de cookies et j'en déguste un, les yeux fermés. Ça me rappelle un peu les biscuits que maman faisait cuire pour moi. Des sablés au chocolat.

Sam pose sa patte sur ma cuisse, alors je lui donne deux cookies qu'il avale en moins de trois secondes.

— Tu pourrais déguster, espèce de couillon !

Désarmé par son regard, je lui en donne deux de plus avant de refermer le paquet. Je me lève et vais pisser dans le fleuve. Puis je retourne sur ma couverture.

— Le reste, c'est pour le petit déj' !

Sam se recouche près de moi en soupirant.

Le premier mot que je prononce depuis que…
Ce premier mot, c'est « salut ».
Ce n'est pas à un éducateur que je le dis. Ni à mon institutrice ou à mon psychiatre.
C'est à un chien.
Il est venu se perdre dans la cour du foyer. À moins qu'il n'ait été envoyé juste pour moi.
Je lui parle pendant des heures tout en le caressant. Il m'écoute sans esquisser le moindre signe d'impatience.

Sidérés, les éducateurs m'observent en train de me confier à un animal.

Là où ils ont tous échoué, un simple clébard a réussi.

Alors, je lui raconte.

Comment mon père a tué ma mère.

Ce chien ressemblait étrangement à Sam. Quand j'ai eu fini de parler, il s'est levé et s'est éloigné. Je ne l'ai jamais revu, lui qui m'a permis de retrouver le chemin des mots. Parfois, je me demande si ce chien ne s'est pas réincarné en Sam pour voler, une fois encore, à mon secours.

Je fais quelques pas et sors de mon abri de fortune. Je lève la tête vers le ciel ; les nuages se sont dispersés, et une lune vaillante brille au milieu de son armée d'étoiles. Ma mère est quelque part parmi elles, j'aime à le croire. C'est stupide, je sais. Mais je n'ai pas oublié les histoires qu'elle me racontait. Et puis, il faut bien croire en quelque chose.

— Joyeux Noël, maman !

Ce jour-là, nous sommes allés faire les magasins, maman et moi. Derniers achats de Noël. J'aimais qu'elle passe du temps avec moi. J'aimais être avec elle.

Dès que nous sommes rentrés à la maison, nous avons décoré le sapin. Elle m'a soulevé dans les airs pour que j'aille placer une étoile en haut de l'arbre. Ensuite, je m'en souviens très bien, nous avons préparé un gâteau au chocolat. Elle avait pris quelques jours de congé pour s'occuper de moi pendant les vacances.

Plus tard, nous avons joué à un jeu stupide dont j'ai oublié le nom.

Et puis papa est rentré.

Il avait un visage que je n'oublierai jamais. Il m'a ordonné d'aller dans ma chambre et j'ai obéi. Peut-être que je n'aurais pas dû. Si j'étais resté, il n'aurait pas pu...

Depuis ma chambre à l'étage, j'ai entendu des cris. Papa hurlait sur maman. Je ne comprenais pas pourquoi.

Après les cris, le bruit des coups.

Jusqu'au silence.

Mortel.

Avec Sam, nous marchons le long du fleuve, histoire de nous réchauffer. Le froid se fait cruel. Cette nuit, il sera sans pitié. Je ne sens plus mes orteils, malgré les chaussettes en laine que Vicky m'a offertes.

Mes yeux se posent sur les fenêtres éclairées, j'imagine les gens derrière. Attablés devant des mets savoureux, en train de rire, de boire du champagne et de faire la fête ! J'imagine les enfants fébriles qui attendent leurs cadeaux et vont passer une nuit merveilleuse.

Ces gens normaux qui ne vivent pas dans la rue.

Qui ont déjà oublié que j'existe.

Que j'ai froid.

Que j'ai faim.

Que je me sens seul.

Que je pleure, parfois.

Mais jamais devant eux. Il n'y a que Sam qui peut me voir chialer. Dans ces moments-là, il se blottit contre moi, comme s'il cherchait à me consoler.

Je retombe sur ma couverture et termine ma bière. Il paraît que ma mère était infidèle. Pendant que j'étais au foyer, mon père m'a envoyé une lettre où il me demandait pardon.

Suis-je capable de lui pardonner la vie qu'il m'a donnée ?

Il est sorti de prison l'an dernier, il a peut-être essayé de me retrouver. Peut-être pas.

Je fume une cigarette, les yeux rivés sur le fleuve. Parfois, je songe à m'y jeter. S'il n'y avait pas Sam, je l'aurais déjà fait, c'est certain.

Ma clope se consume entre mes doigts gelés.

J'aimerais bien voir Vicky ce soir, mais je sais qu'elle ne viendra pas. Demain, je l'espère…

— Bonne nuit, Sam !

Je ne veux pas que le froid vienne me le faucher pendant la nuit, alors je le couvre avec un vieux duvet et me couche près de lui. Je tremble, mais du moment que Sam a chaud, le reste je m'en fous.

Je tremble, mais c'est sans importance.

Depuis longtemps, plus rien n'a vraiment d'importance.

Le bruit de l'eau me bercera et je finirai par m'endormir de froid, dans les bras des étoiles.

M'endormir, dans les bras de ma mère.

M'endormir et ne jamais me réveiller.

Philippe JAENADA

Une vie, des fêtes

Meg virevolte. De table en table, de verre en verre, de grand industriel en poète, de juge en ministre, du piano à queue au buffet nappé de blanc puis sur elle-même, elle tourbillonne dans le grand salon scintillant de bijoux et de lumière, d'élégance et de rires : elle est la reine du soir, comme tous les mardis (les jeudis aussi, parfois). Au rez-de-chaussée de sa grande demeure de trois étages, au 6 bis de l'impasse Ronsin, près de la rue de Vaugirard, on chante, on danse, on s'amuse, et tout tourne autour d'elle. C'est la fin du siècle, le XIXe, et le début de sa vie de fête, de sa gloire mondaine, de l'étincellement de Marguerite Steinheil, qui durera à jamais (on croise les doigts) : elle a vingt-cinq ans, tout est ouvert et lumineux devant elle. Depuis quelques mois, elle demande à ses amis et relations de l'appeler Meg, comme quand elle était petite, au château de Beaucourt, entre Montbéliard et la frontière suisse, quand elle rêvait de Paris, d'amour et d'éclat, d'argent, de plaisir permanent, de soirées folles et de prince charmant.

Dans un coin du salon, debout seul, gris et maigre, entre un fauteuil Louis XV et un guéridon

Napoléon III, comme recroquevillé pour ne gêner personne, son mari la regarde papillonner vivement, lumineuse, espiègle, l'écoute chanter, plaisanter, distribuer quelques mots pétillants à tous et à chacun. Il y a là Émile Zola, Jules Massenet et son confrère Charles Gounod, le poète ridicule François Coppée, le sculpteur Bartholdi, le peintre Léon Bonnat, Ferdinand de Lesseps, et Alfred Chauchard, le fondateur des Grands Magasins du Louvre, quelques diplomates sud-américains aussi, et un demi-prince russe, tous dans le halo de Meg, éclaboussés. Adolphe Steinheil, rangé dans l'ombre à côté du guéridon, déjà vieux terne à moustache, peintre pompier de bas étage, est dépressif, vulnérable, et follement amoureux de sa femme Marguerite. Il est la risée de tout Paris.

Meg fera bientôt la une de tous les journaux, et deviendra mondialement célèbre. Elle fait bien de sourire et de batifoler, de profiter de la fête : ça ne va pas durer.

Marguerite est née dans une bonne famille, une grande famille, au nom pourtant tout simple, presque comique : Japy. Son arrière-grand-père et son arrière-grand-oncle ont créé un empire industriel, dans l'horlogerie d'abord (le réveille-matin Japy fera un triomphe), puis dans le domaine des outils et moteurs, des machines à écrire bien sûr, des luminaires et des moulins à café, et même de la prospection minière, des gisements de houille, du mobilier de jardin et des pièces détachées de bicyclette (ils ont juste laissé de côté, pour les autres, la semelle orthopédique pour dames et l'essoreuse à salade). Ils font travailler des milliers d'ouvriers, ils règnent sur Beaucourt, Montbéliard et leurs alentours (dans un rayon de mille kilomètres environ). Le premier qui sort des rails, c'est celui qui deviendra le père de Marguerite, Édouard Japy. Il tombe amoureux fou de la fille de quinze ans d'un marchand de vin ruiné, Émilie Rau, au visage tendre mais aux manières frustes et aux poches vides. Cette mésalliance, fruit de l'amour (tu parles d'une cochonnerie), provoque une brouille avec ses frères : il se retire de l'entreprise familiale, avec un bon magot quand même, et se consacre à ce qu'il aime, faire pousser des trucs. C'est son hobby, l'agronomie. Le problème, d'un point de vue pragmatique, c'est qu'autant c'est sympa, de faire pousser des trucs, il faudrait vraiment voir tout en noir pour prétendre le contraire, autant ça coûte pas mal et ça rapporte pas grand-chose. Les finances de la famille s'amenuisent inexorablement, rien de plus naturel.

Marguerite a deux sœurs et un frère, Juliette, Eugénie-Amélie, dite Mimi (c'est bien la peine de composer un prénom moche avec deux beaux (un au moins) si c'est pour se rabattre sur Mimi (à ce compte-là : Jules-Antoine, dit Nanard)), et Julien. Mimi est la préférée de maman, Marguerite, qu'on appelle très tôt Meg, celle de papa (Juliette et Julien n'ont qu'à se trouver d'autres amis, d'autres soutiens, c'est chacun pour sa peau).

Dès son plus jeune âge, à sept ou huit ans, Meg attire les regards, et l'affection. Un vieux professeur au collège impérial de jeunes filles de Moscou, ami débonnaire de la famille, la fait sauter tendrement sur ses genoux ; le pasteur de Beaucourt aime l'avoir à ses côtés, lui raconte des histoires, passe beaucoup de temps avec elle et l'emmène au musée à

Montbéliard ; à peine un peu plus tard, ses deux professeurs de violon et d'équitation tombent carrément raides amoureux d'elle, ça devient gênant. Les femmes sont évidemment plus réservées à son sujet. La directrice de son école primaire dira qu'elle était « caressante, attrayante mais menteuse ». Sa professeur de dessin confirmera : « C'était une jeune fille très adroite, captivante, mais surtout superficielle. Elle avait un talent extraordinaire pour se faire pardonner ses mensonges[1]. » Quand le président Adolphe Thiers vient en visite officielle à Belfort, c'est elle qui est choisie pour lui offrir un bouquet de fleurs, et l'embrasser. (Ce ne sera pas son dernier président, elle va affiner sa technique.) Il est si touché par sa beauté (je pense qu'on peut dire éthérée), cet air innocent et dégourdi à la fois, qu'il suit ses parents jusqu'au château de Beaucourt, où il passe l'après-midi à lui raconter ses souvenirs, en la tenant serrée contre lui.

À seize ans, Meg fond pour un copain de régiment de son frère Julien, Édouard Sheffer. C'est réciproque, la passion galope dans les champs et les bois francs-comtois. Entre deux baisers (une main sous la jupe et une ceinture qu'on déboucle), ils découvrent l'amour et parlent de mariage, des égratignures sur les genoux. Mais au bout de quelques mois, à Beaucourt, la rumeur s'épand que les deux enfants exaltés ne sont pas aussi sages et abstinents qu'il conviendrait, et qu'y a plus de jeunesse. Édouard Japy, le père de Meg, a l'esprit large

---

1. J'ai trouvé de nombreux informations et détails dans *Marguerite Steinheil, ingénue criminelle ?*, le livre (passionnant et drôle) de Pierre Darmon, aux éditions Perrin.

et ouvert dont se flatte l'homme moderne sur le paillasson du XXᵉ siècle, mais si y a plus de jeunesse, y a quand même des limites. Il se dresse entre eux. Meg est à peu près sûre de pouvoir convaincre son papa chéri que c'est du sérieux, de l'amour, du vrai, que donc rien n'est plus fort, et que s'ils ont fait quelques petites bêtises, elles seront vite effacées, dissimulées par les liens sacrés du ma... – mais le problème n'est pas là. Au contraire, même. Édouard Sheffer est orphelin de père, et sa mère n'a pas un sou, c'est un gamin du ruisseau, pour ainsi dire : ce n'est pas possible. Ça devrait pourtant lui rappeler quelque chose, au père Japy, mais on n'autorise pas souvent à ses enfants ce qu'on a farouchement défendu pour soi-même quand on était jeunot. D'ailleurs, la mère Japy, qui n'est plus la fille Rau depuis longtemps, est d'accord : pas de ça dans la famille, ouste. Pour séparer les amants utopiques et tirer un trait là-dessus, Marguerite est envoyée se calmer à Bayonne, chez sa sœur Julie, qui a épousé un bon M. Herr. Peu de temps après, en 1888, papa Japy meurt, de remords peut-être. Marguerite n'a plus que sa mère à haïr.

Ça ne va pas fort pour la famille, financièrement. Pas de sentiments, il faut marier Marguerite, et bien. Avec l'accord de l'autorité veuve, sa sœur et son beau-frère (Herr) lui présentent un parti convenable dont ils ont fait récemment la connaissance, un peintre médiocre de vingt ans de plus qu'elle, vieux garçon falot à bouc en pointe, Adolphe Steinheil. Ce n'est pas le coup du siècle, mais il est tout de même le petit-cousin du grand Ernest Meissonier, star de l'Académie des beaux-arts (ça joue, dans un arbre généalogique), ce qu'il peint est tout à fait dans l'air emphatique et niais du temps, et on lui a confié la restauration des fresques de la cathédrale de Bayonne, donc c'est quelqu'un. En voyant ce freluquet grisonnant et timide, empoté même, Marguerite ne peut s'empêcher d'éclater de rire. Elle se fait gronder par sa hiérarchie, et doit s'excuser devant le petit bonhomme (qui ne s'en est pas offusqué pourtant, qui ne moufte pas : vous êtes commis charcutier depuis vingt ans, on vous lance un gros diamant en vous traitant d'andouille, vous ne faites pas le cador, votre amour-propre peut aller voir dans la chambre froide si vous y êtes). Elle réfléchit. Il vit à Paris, la Ville lumière, dans une grande maison de trois étages avec jardin. Il lui fera un peu honte, à son bras, mais il est si craintif et faiblard qu'il ne devrait pas l'embêter beaucoup. Il n'est pas riche, mais il a tout de même de quoi vivre sans se priver. Ses tableaux sont mauvais, un enfant myope n'en voudrait pas au-dessus de son lit, mais coup de bol, l'époque n'est pas au bon goût, les pompiers tartes règnent en maîtres. Donc on devrait pouvoir faire quelque chose. Avec une jeune femme comme elle pour alliée, tout est possible. Elle l'épouse le 9 juillet 1890. Elle n'imagine pas à quel point tout est possible.

(Je m'étais promis, dans cette nouvelle pour les Restos (c'est sérieux, on s'applique), de ne pas trop me laisser aller aux apartés, aux parenthèses, aux digressions, de rester concentré sur le sujet, un peu à la manière efficace d'un Pierre Bellemare. Mais on ne choisit pas toujours. Mauvais hasard, il est 11 heures du matin, dimanche 27 mai 2018, ma femme vient d'entrer dans mon bureau (sans frapper, et allez donc), l'air consternée, pâle, triste : « Pierre Bellemare est mort. » Ça me fait de la peine. Je me revois écouter, même pas ado, en CM2 peut-être, à la table de la cuisine, près du petit poste Grundig, les « Dossiers extraordinaires » sur Europe 1. Et me dire : « C'est bien, de raconter des histoires aux gens, ça les intéresse, ça leur fait plaisir, ça fait passer les choux de Bruxelles, c'est un beau métier. » Bref. (Un nom me revient quand je pense à Pierre Bellemare, je ne sais pas d'où il remonte (et encore moins ce qu'il vient faire là), je ne sais plus quel était son rôle : Harold Kay. Je viens de regarder sur Wikipédia : il est mort il y a vingt-huit ans.) En hommage au grand Pierrot, plus une seule digression jusqu'à la fin de l'histoire de Meg Steinheil, celle-ci sera la seule, je le jure.)

L'une des fins de vie les plus célèbres de l'histoire de France, c'est celle du président Félix Faure. (Ce n'est pas une digression – du tout.) Il est mort dans la soirée du 16 février 1899, dans un salon de l'Élysée, le salon bleu, en pleine turlutte, pantalon et caleçon sur les chevilles, une prostituée agenouillée devant lui, débraillée, seins nus, la main du grand homme crispée dans ses cheveux frisottés. (Une prostituée que l'on surnommera, non sans lourdeur grivoise mais non plus sans ingéniosité, « La Pompe funèbre ».) C'est l'image la plus marquante que Félix Faure laissera de son passage sur terre (avec, accessoirement, son refus d'accorder la révision du procès d'Alfred Dreyfus – quand ça veut pas...), mais elle a été faussée par le temps et les ragots. D'abord, ce n'était pas une prostituée, c'était Marguerite Steinheil.

Meg, Marguerite Japy, épouse Steinheil : la Pompe funèbre ? Celle qui indigne ou fait glousser tout Paris ? Du soir au lendemain, les ambitions de la petite fille du château de Beaucourt, ses rêves de fête, de lumière et d'amour, en prennent un coup – mais comme je dis toujours, on ne choisit pas.

Elle s'était donné du mal, pourtant. Onze mois après son mariage avec Adolphe, huit ans avant la mort de Félix Faure, une petite fille est née impasse Ronsin, Marthe. Mais onze mois après son mariage avec Adolphe, Marguerite commençait déjà à se dire qu'elle avait sans doute visé trop bas. Paris, c'est tentant, ça scintille, mais on s'y habitue vite. Une maison de trois étages dans le quinzième arrondissement, avec trois arbres et un banc devant, pareil. Un peintre médiocre qui n'intéresse personne, et qui n'a pas plus d'argent que le patron du restaurant du coin de la rue, n'en parlons pas. Et voilà qu'elle se retrouve coincée avec un enfant, coincée par un enfant, pour des années, ses plus belles années, dans cette vie moyenne. Elle s'assombrit, se crispe, s'affole, palpite, respire, réfléchit et trouve une bonne idée : peu de temps après la naissance de Marthe, elle demande le divorce.

Comme elle s'y attendait, c'est la panique chez les Japy, et Adolphe décomposé tombe en larmes à ses pieds. Tout se passe bien. Elle accepte de rester, la mort dans l'âme évidemment (mais puisqu'il faut se sacrifier…), et à certaines conditions – car on n'a rien sans rien, bonhomme. Elle signe une sorte de pacte avec son mari : « Aucun de nous ne se mêlera ni de la vie ni de la conduite de l'autre. L'un et l'autre, nous nous donnerons une liberté absolue, seulement corrigée par l'engagement réciproque d'éviter tout scandale de nature à rejaillir sur notre fille bien-aimée. » (Ça partait d'une bonne intention, cette dernière précision, mais ça va louper comme peu de choses ont loupé dans l'histoire pourtant longue et chargée des bonnes intentions.)

Meg commence à organiser de grandes fêtes au rez-de-chaussée de l'impasse Ronsin, elle étincelle, Adolphe se tasse, tout est prêt : elle prend des amants. Oh, ce n'est pas pour le plaisir, non, pas de place pour ça, c'est bon pour les demoiselles sans ambition : ce sont tous des hommes d'un certain âge, dans le monde des affaires, de la politique ou de la justice. Le pauvre Adolphe ne peut pas protester, un deal est un deal, il encaisse. Dans tous les sens du mot, d'ailleurs. Car sa jeune épouse bosse pour le ménage. Attention, elle ne se prostitue pas (on retire ça tout de suite) : elle refuse même fermement, outrée, le moindre petit billet de messieurs ses amoureux, pour qui la prennent-ils ? En revanche, s'ils voulaient bien jeter un coup d'œil aux charmants petits tableaux de son génie méconnu de mari, ça lui ferait plaisir, à Meg (lui, bien sûr, est un artiste, il crée dans l'absolu, sans se soucier que ça plaise ou non), elle a tant d'affection et d'admiration pour lui… Et voilà qui arrange tout le monde. Les messieurs, maires de province ou petits magistrats, sont enchantés de trouver un prétexte à leur fréquentation assidue des parages de la peu farouche : ils ne sont pas là que pour la Chose, mais aussi pour l'Art ; les tableaux d'Adolphe se vendent à tour de bras (délicatement potelé, le bras, d'une blancheur de porcelaine), sa cote monte, ça ne le console pas de son malheur conjugal mais ça remonte un peu le moral quand même ; Meg, quant à elle, commence enfin à avoir la vie qu'elle voulait, l'argent rentre, les fêtes deviennent plus flamboyantes, on la regarde, on l'entoure, on l'adule. Dernière étape : décrocher le pompon. Pour cela, il va falloir grimper jusqu'à Chamonix.

À l'été 1897, Meg a vingt-huit ans. Elle part passer quelques jours de vacances dans les Alpes avec l'un de ses amants, le juge Lemercier. Pour éviter les rumeurs, Adolphe les accompagne gentiment : ça ne gênera personne, et il en profitera pour étudier les cimes enneigées, réaliser quelques esquisses au débotté, croquer deux ou trois chasseurs alpins sur le vif : fameuse idée, ce petit voyage en montagne ! D'autant que la chance est de la partie : Félix Faure, le président de la République, est à Chamonix pour remettre des décorations aux valeureux soldats qui ont survécu à une terrible avalanche près du fort de la Redoute Ruinée. Ça ne se rate pas : Meg, plus aérienne et innocemment charnelle que jamais, se débrouille pour que les présentations soient faites, elle se tortille, elle minaude, et le « Président Soleil », comme on le surnommait, tombe en extase devant les toiles d'Adolphe.

À partir de là, le premier personnage de l'État va souvent passer du temps au 6 bis de l'impasse Ronsin (c'est à son tour de raconter des histoires à la petite Marthe, comme l'un de ces prédécesseurs, Adolphe Thiers, plus de vingt ans plus tôt à sa maman), et Meg souvent passer du temps à l'Élysée, dans le salon bleu où le bouillonnant Félix reçoit régulièrement ses « conseillères psychologiques » (c'est en tout cas ainsi que Meg, qui n'a jamais eu peur de rien, définira son rôle quand on lui posera deux ou trois questions), plus jolies les unes que les autres (surtout Meg) et pleines de bonne volonté, sur lesquelles sa raisonnable épouse,

Berthe, ferme sagement les yeux. Pas plus radin qu'un autre, au contraire, le grand homme ne déroge pas aux principes de la maison Steinheil et achète une toile monumentale (quatre mètres sur cinq, la République ne chipote pas) au peintre qui est devenu son idole. À l'époque, les artistes choisis par le ministère des Beaux-Arts recevaient quelques centaines de francs, et s'estimaient heureux. Pour ce tableau au titre tout simple mais efficace, *Remise des décorations par Monsieur le président de la République aux survivants de la catastrophe de la Redoute Ruinée*, l'État a accordé au ménage la somme rondouillette de trente mille francs – ce qui représenterait plus de cent mille euros aujourd'hui. En bonus, Adolphe reçoit la Légion d'honneur, qu'il mérite. Il faut dire qu'il s'est donné à fond (Meg aussi, bien sûr) : sur le tableau, l'illustre ami de la famille figure en plein centre, en tenue de chasseur alpin, à dos de mule.

Cette période élyséenne est le sommet de la carrière mondaine (ou demi-mondaine) de Meg, et le mieux qu'Adolphe puisse espérer. Tout va bien. Jusqu'au drame, le 16 février 1899, ce jour terrible où le président Félix Faure est parti en sucette.

Il sortait d'une rencontre avec Albert Ier de Monaco, venu essayer de le convaincre, en vain, d'intervenir en faveur de Dreyfus. Félix était fatigué, tendu, irritable, impatient de se relaxer en devisant agréablement avec sa conseillère psychologique, et avait très vraisemblablement augmenté sa dose habituelle d'aphrodisiaque (bien obligé, faut ce qu'il faut, on la connaît, Meg, c'est pas la cousine à sainte Nitouche) – de la cantharidine selon certains, une potion à base de quinine selon d'autres, et pour les derniers (moi, allez), de la séquardine (appelée aussi, joliment, « testiculine »), un élixir élaboré par le légendaire professeur Brown-Séquard (c'est fou, il a une rue de Paris à son nom, à deux cents mètres de l'impasse Ronsin), à base d'extraits de testicules de chien et de cochon d'Inde (rien de meilleur). Mais l'histoire de la turlutte est complètement absurde : selon la légende, Louis Le Gall, chef de cabinet, entendant crier son patron, se serait précipité dans le salon bleu et aurait trouvé Meg agenouillée devant le Président, seins nus, encore à son travail. Lorsqu'on est victime d'un AVC, comme on ne disait pas en ce temps-là, on crie ? Ou alors lorsqu'elle a vu qu'il défaillait, Meg a appelé au secours mais sans bouger, elle n'a pas pris la peine de se relever, de se rajuster, de refermer la bouche ? Elle était avec lui quand il a été victime d'un malaise, c'est à peu près sûr, c'est elle qui a dû prévenir Le Gall, mais personne évidemment ne peut savoir ce qu'ils étaient en train de faire deux minutes plus tôt. Le Président est mort après trois heures d'agonie, à 20 heures. Ce n'est que neuf ans plus tard que la turlutte légendaire fera son apparition, quand Marguerite Steinheil sera vraiment dans la tourmente, après l'autre drame, le vrai, le pire. (Meg se répandra dans toute la presse à ce moment-là ; un député, Alfred-Léon Guérault-Richard, en profitera pour faire un mot, en 1908 : « Cette femme, si prodigue en interviews, avait prouvé dès longtemps, et surtout à Félix Faure, qu'elle abusait de sa langue, et le Président la laissa causer trop longtemps » ; et voilà, ce sera parti.)

Une période moins joyeuse pour le binôme Steinheil commence avec le nouveau siècle. La rumeur de la présence de Meg dans le salon bleu circule naturellement dans Paris, ce n'est pas bon pour l'image ni donc pour les affaires, les amants deviennent plus prudents, les fêtes moins courues, moins gaies, et Alfred plus ridicule encore – la valeur de ses tableaux dégringole inévitablement (sans compter que ces va-nu-pieds d'impressionnistes, qui ne savent même pas peindre correctement, jettent de la poudre aux yeux à tout le monde et se partagent désormais tout le gâteau). Mais Meg tient le coup, du moins quelque temps. Sa beauté, sa vitalité tourbillonnante et ses talents de comédienne font encore bel effet, il lui reste deux ou trois admirateurs fidèles, qui continuent à collectionner du Steinheil et qu'elle emmène maintenant en petits week-ends promotionnels au Vert-Logis, une maison qu'elle loue à Meudon Bellevue, loin des curieux, des jaloux et des mauvaises langues.

En 1908, cependant, on ne peut plus se voiler la face et continuer à folâtrer en faisant des petites moues coquines comme si de rien n'était : ça se dégrade sérieux. Les finances du ménage sont au plus bas, on ne peut même plus se payer un traiteur pour les réceptions (Meg et sa cuisinière, Mariette Wolff, sont obligées de tout préparer elles-mêmes – et vas-y que je te tartine le pâté), cette vieille pingre de mère Japy non seulement ne donne pas un sou à sa fille, qui la déteste, mais lui en demande sans arrêt (qu'elle aille au diable, en passant par Beaucourt et sa cambrousse), Adolphe est définitivement ringardisé, il a sombré dans la neurasthénie la plus pâteuse (sa femme refuse désormais de lui adresser la parole : quand elle a une consigne à lui donner ou un reproche à lui faire, elle l'écrit sur un morceau de papier qu'elle lui fait porter par un domestique), et quant à elle, Meg, à la fois moteur et carburant de la famille, elle faiblit peu à peu, sa fraîcheur et son éclat s'estompent irrémédiablement, elle a forci, elle a trente-neuf ans, il ne lui reste plus qu'un amant (c'est la déroute), Maurice Borderel, propriétaire terrien, quinquagénaire, veuf, maire de Balaives-et-Butz, un petit village près de Charleville-Mézières (la dé-route).

L'avenir est plus que sombre pour Marguerite, cette fois rien ne semble pouvoir améliorer sa situation, elle ne peut plus que glisser lentement, tristement, pauvrement vers la vieillesse ignoble – pendant une quarantaine d'années. Et donc, dans la nuit du 30 au 31 mai 1908, survient le drame, effroyable.

La famille Japy-Steinheil, comme chaque année au printemps, doit aller prendre le bon air au Vert-Logis, à Meudon. La petite Marthe, qui a maintenant dix-sept ans, et Mariette, la cuisinière, sont parties le matin du samedi 30 mai, avec Dick, le fort féroce chien de garde de la maison parisienne. Meg et Adolphe devaient les accompagner, mais il a été décidé qu'ils ne les rejoindraient que le lendemain : Émilie Japy, le vieux boulet (qui n'a que soixante-huit ans, cela dit), est arrivée de Beaucourt à l'aube, à la gare de l'Est, et sa fille la sait trop épuisée par le voyage en train pour tenter d'enchaîner sur une expédition d'au moins cinq ou six kilomètres. Une bonne nuit de repos, impasse Ronsin, la requinquera. Meg lui laisse même sa chambre, pour plus de confort ; elle dormira dans celle de Marthe.

Seul à rester en arrière avec le couple et la cacochyme, le jeune valet de la maison, Rémy Couillard (pas de chance – et ce n'est pas fini, la vie ne lui réserve pas que des bonnes surprises, à celui-là), se lève à 6 heures le dimanche matin. Il descend pimpant de sa petite chambre du troisième étage, mais en arrivant au premier, des gémissements pathétiques provenant de la chambre de Marthe le figent. Il se précipite : sa patronne, à moitié dans les vapes, est ligotée sur le lit de sa fille, les mains aux barreaux du haut, les pieds aux barreaux du bas, elle vient manifestement de recracher une grosse boule d'ouate qu'elle avait dans la bouche et roule de gros yeux affolés en direction des autres chambres. Le vif Couillard, à nouveau, se précipite : la vieille mère de madame, violacée, est morte dans son lit, elle aussi bâillonnée, une longue cordelette serrée autour du cou ; monsieur, dans l'autre chambre, est étendu par terre devant la porte de son cabinet de toilette, on ne peut plus refroidi (étranglé à la cordelette, également, et très certainement par-derrière, le pauvre Adolphe). Quelques secrétaires ont été fouillés, de l'argent volé (six mille francs, selon la survivante), un encrier renversé, et des écrins à bijoux vides jonchent le sol. Étrangement, les deux pendules de la maison sont arrêtées sur minuit douze.

Marguerite Steinheil, dévastée, traumatisée, si cruellement frappée par le destin, va mettre les policiers sur la bonne piste : en pleine nuit, elle a été réveillée par trois grands barbus qui sont entrés dans sa chambre, porteurs de puissantes lanternes (elle les a bien vus, du coup) et accompagnés d'une femme rousse, sale et très vulgaire. Ils portaient de longues lévites (les tuniques noires des membres de la tribu de Lévi) et des chapeaux à très large bord, genre sombreros. (Si avec ça on ne les retrouve pas…) Ils l'ont forcée à dire où se trouvaient l'argent et les bijoux, puis ils l'ont ligotée, bâillonnée, et sont allés tout rafler, assassinant au passage les deux êtres qu'elle aimait le plus au monde, sa maman et l'homme de sa vie. Elle a entendu les douze coups de minuit sonner à la pendule, puis les hurlements atroces de sa mère qu'on étranglait, et naturellement, elle s'est évanouie. Pourquoi l'ont-ils épargnée, elle ? C'est tout simple : ils l'ont confondue avec sa fille. Elle les entend encore : « Faut suriner la môme, beuglait la rouquine, sinon elle va jaspiner ! » Heureusement que les barbus israélo-mexicains étaient là : « Laisse la petite, elle n'a rien à voir avec ça… » (La petite de trente-neuf ans, vingt-deux de plus que Marthe, au corps épaissi, aux traits fatigués. La môme, quoi. (La bonne nouvelle, c'est que la coquetterie a survécu au drame.))

Ce ne sera pas faute de chercher, mais on ne mettra jamais la main sur ces quatre barbares pittoresques. On en attrapera quelques-uns, chaque fois Meg jurera que c'est bien eux (ayant juste le temps de s'écrier : « Mon Dieu, c'est bien lui ! » ou : « Hors de ma vue, c'est bien elle ! » avant de s'évanouir les yeux révulsés), mais leurs alibis les disculperont toujours formellement – chaque fois, Meg protestera, en vain, que ces alibis ne tiennent pas : « Ce sont d'horribles menteurs ! » Et au fil des jours et des semaines, quelques petites incohérences déconcertantes vont apparaître.

Il pleuvait fort cette nuit-là, le jardin n'était que boue, mais on n'a pas trouvé une trace de semelle sale dans toute la maison ni même sur le couvre-lit de satin blanc qui avait été jeté par terre dans la chambre de Meg-Marthe, et visiblement piétiné. Un vigile en faction toute la nuit sous le porche de l'imprimerie voisine n'a vu passer personne. D'ailleurs, au matin, toutes les fenêtres de la maison étaient fermées, et la porte d'entrée aussi, à clé.

On se demande un peu pourquoi des cambrioleurs se seraient déguisés en Rabbi Jacob de Veracruz et équipés de lanternes de pêcheur (à verres grossissants – autant apporter des projecteurs de cinématographe) pour s'introduire dans une maison où tout le monde dort paisiblement. On apprend que l'ouate retrouvée dans la bouche de la mère et sur l'oreiller de la fille provient du paquet dont Meg s'est servi pour frictionner les jambes douloureuses de sa maman, le matin, après le voyage en train ; et que les cordelettes sont celles qu'utilisait Adolphe pour attacher ses toiles – côté déguisements, les tueurs ont tout prévu, mais pour le reste... Sur la cuisse nue de Meg, le matin de la découverte des corps, on avait remarqué une tache d'encre, provenant sans doute de l'encrier renversé dans la pièce voisine : elle avait déclaré que l'un des grossiers barbus, en revenant dans sa chambre, s'était essuyé la main sur sa jambe ; en y réfléchissant, on se dit qu'il était tout de même spécial, ce grossier barbu, car lorsque Meg a été retrouvée à demi consciente, son drap la recouvrait jusqu'à la poitrine : au lieu de s'essuyer n'importe où, par exemple justement sur le drap, le grossier barbu l'aurait soulevé délicatement pour se frotter les doigts sur la cuisse de la malheureuse, avant de le remettre en place ? Le bâillon que Meg dit avoir réussi à recracher est analysé : il ne présente aucune trace de salive ni de bactéries quelconques, elle ne l'a jamais eu dans la bouche. Rémy Couillard, le jeune domestique, déclare timidement à la police que les liens de sa patronne étaient tout de même assez lâches (elle n'avait pas de marques sur les poignets ni sur les chevilles) : pour tout dire, il n'y avait même pas de nœuds, il n'a eu qu'à tirer sur une extrémité pour les défaire. Il indique aussi aux enquêteurs, même si ça n'a aucun rapport, que le samedi 30 mai, Dick le hargneux molosse étant à Meudon Bellevue, il a convaincu la voisine de leur prêter Noiraud, pour garder la maison au cas où, mais que madame a renvoyé le bâtard, furieuse : « Je ne veux pas de ça chez moi, il pue le bouc ! » On s'aperçoit ensuite qu'Émilie Japy n'est pas morte étranglée, mais d'une crise cardiaque, ou étouffée par son dentier, qu'elle a avalé de peur : elle n'était donc pas encore couchée quand elle a été tuée (« C'était une coquette, elle dormait avec son dentier ! » protestera Meg), il n'était certainement pas plus de minuit. Dans la bibliothèque de Mme Steinheil, férue de littérature policière, on trouve un roman, *Les Cinq Doigts de Birouk*, de Louis Ulbach, dans lequel un double assassinat est commis : la seule épargnée de la maison a été réveillée et ligotée sur son lit par trois barbus vêtus de lévites et munis de lanternes. Elle a pu savoir l'heure qu'il était car, quand ils se sont sauvés, leurs crimes accomplis, elle a entendu la pendule sonner 2 heures du matin. Dans un autre ouvrage, *Le Crime de Gramercy Park*, une horloge arrêtée indique précisément l'heure du meurtre. Dans un ou deux *Sherlock Holmes* aussi, d'ailleurs.

Ça ne prend pas, ces histoires de barbus et de rousse vulgaire, mince. Par chance, cinq mois plus tard, en fouillant par hasard le portefeuille de Rémy Couillard, Meg y découvre une perle enveloppée dans du papier de soie : elle est formelle, et on pourra le vérifier sans problème, cette perle facilement reconnaissable était sertie sur l'une des bagues qui ont été volées. C'est lui, la preuve est faite ! (Exit les lévites.) D'ailleurs, elle en était sûre, il est fourbe, menteur (« Un horrible menteur ! »), lâche, sournois, violent, elle l'a même entendu grogner un jour dans la cuisine, alors qu'elle passait devant par hasard, qu'il haïssait ses maîtres et leur ferait volontiers la peau, elle n'osait pas le dire, par bonté d'âme, mais maintenant qu'on a la certitude qu'il a déchaîné sa haine sur les deux grands amours de sa vie, elle peut se lâcher. Le malheureux Couillard, jeune provincial introverti et docile de vingt ans à peine, qui a toujours été dévoué à sa maîtresse (il pensait d'ailleurs qu'elle avait, en retour, beaucoup d'affection pour lui – elle chantait ses louanges à tout le monde) a beau protester (ça n'étonne personne, quel fourbe…), il est jeté en prison, l'énigme est enfin résolue.

Ouf. (Meg respire. Elle est libre de se remarier, et elle hérite de sa mère de quatre-vingt-douze mille francs, ça lui laisse le temps de bien voir venir.) Jusqu'à ce qu'un joaillier, M. Souloy, se présente humblement au commissariat six mois plus tard, et révèle que le 12 juin, treize jours après la nuit de l'horreur, Marguerite Steinheil est venue lui demander de dessertir une perle (facilement reconnaissable) d'une bague qu'elle venait de retirer du clou (première réaction de l'intéressée : « Ce bijoutier est un horrible menteur ! ») : la perle qui a été retrouvée, par on sait qui, dans le portefeuille à Couillard. Renseignements pris auprès du mont-de-piété, tous les bijoux déclarés volés étaient effectivement en gage au moment des crimes, ils ont été retirés le 12 juin par leur propriétaire. (Le beau et gentil Rémy est libéré après des mois de prison, d'opprobre national et de déchaînement médiatique contre lui. Il connaîtra, en contrepartie, son heure de gloire, croulera sous les lettres de jeunes filles enamourées, mais n'en profitera pas longtemps : il achèvera sa courte existence au fond d'une tranchée en 1915.) Mais alors qui donc a jeté les écrins vides par terre ?

Meg se sent coincée. Ce n'est pas possible, que la vie soit si injuste, le sort contre elle, et les gens si malveillants ! Ce Couillard est un… Non, tiens, ce n'est même pas la peine. Devant plusieurs journalistes venus aux nouvelles, elle se met à pleurer et écarte largement les bras : « Si c'est ça, je préfère mourir ! Qu'on me tue ! Ah, qu'on me tue ! » Personne ne la tuant, elle est bien obligée de se calmer.

Oui, bon, allez, c'est pas lui, Meg s'effondre devant le commissaire en se prenant les cheveux à deux mains, et reconnaît, c'est pas les barbus non plus, ils n'ont jamais existé, ces barbus de malheur, d'accord, et c'est elle qui a mis la perle dans le portefeuille, maintenant elle va tout dire, c'est bon, qu'on arrête de la persécuter, voilà, puisqu'il n'y a plus d'autre issue que d'avouer l'inavouable, de laisser éclater le scandale : elle était au courant de tout, elle a même participé au maquillage des meurtres en cambriolage, mais elle ne pouvait pas faire autrement car elle était menacée de mort, et surtout, surtout, elle aime trop sa cuisinière pour la poignarder ainsi dans le dos : car oui, c'est le fils de Mariette, Alexandre Wolff, éperdument amoureux d'elle, qui a tué son mari (et la vieille dans la foulée, sans faire exprès) pour s'ouvrir la voie vers l'azur de la passion et en profiter pour grappiller quelques milliers de francs, ça sert toujours quand on veut rendre une femme heureuse. Elle a évidemment tout fait pour l'en empêcher, mais : « Si tu me balances, je dis que c'est toi qui m'as forcé, et si on ne me croit pas, je te tue. » C'est un violent, un sournois, un fourbe, il est horrible ! (Et autant prévenir tout de suite : il est très menteur.)

Alexandre, vingt-huit ans, est un beau gosse souple et musclé, décontracté, jouisseur, entouré d'une ribambelle de jolies jeunes femmes qui se disputent ses faveurs. Il a un alibi d'airain : il a passé la soirée et la nuit du 30 au 31 mai dans un bistrot de la place Falguière, le café Castagnié, où il a dansé le cake-walk jusqu'à l'aube. Quinze personnes peuvent en témoigner. Mais ce n'est même pas nécessaire. La sincérité évidente de son éclat de rire incrédule, cruel mais spontané, lors de la confrontation avec Marguerite, lorsqu'elle répète devant lui qu'il était fou d'elle (de son jeune corps ferme et frémissant), suffit au commissaire. « Rentrez chez vous, jeune homme, ce sera tout. Avec nos excuses. »

Marguerite Steinheil, déconfite, est incarcérée à la prison Saint-Lazare. (C'est dommage, car sinon la belle vie lui tendait de nouveau les bras, elle pouvait se remarier avec un homme un peu plus avantageux que l'autre has been ruiné, et elle héritait des quatre-vingt-douze mille francs d'économies de la vieille bique pas trop tôt disparue, alors que le couple n'en avait plus, en tout et pour tout, que quatre mille cinq cents à la banque. Poisse.) L'affaire est réglée. Seule ou assistée d'on ne sait qui, c'est sûr (même avec toutes les pincettes de rigueur), Meg a tué son mari Adolphe et sa mère, personne n'a plus le moindre doute.

Le procès débute le 3 novembre 1909. Dix jours plus tard, Marguerite Steinheil est acquittée. Elle a tout donné. Dans le box des accusés, elle a pleuré, elle a gémi, elle a ululé sa douleur et bramé contre l'injustice qui frappait si rudement la femme la plus pure qui soit, la plus humble et intègre, la plus dévouée à sa famille, elle s'est évanouie plusieurs fois dans les bras du gendarme derrière elle (prenant simplement deux secondes pour porter ses mains à son cœur avant de perdre connaissance – ou le dos de l'une à son front, pour varier) ; sa fille Marthe en larmes s'est tordu les mains et les bras à la barre en répétant jusqu'à s'user les cordes vocales (tendres) qu'il était impossible et honteux de penser qu'une maman si douce, si aimante, si protectrice envers papa et si bonne pour mamie ait pu toucher un seul de leurs rares cheveux (Marthe ne recroisera qu'une seule fois Meg après l'acquittement, plus ou moins contrainte, et refusera de la voir jusqu'à la fin de ses jours) ; l'avocat général, l'homme par la main duquel devait s'abattre l'impitoyable glaive de la Justice, était le plus incompétent et simplet qu'on ait jamais laissé officier dans un tribunal de France et des principaux pays limitrophes : après sa plaidoirie (qui s'est pourtant étalée sur deux jours interminables, d'un ennui sidéral, heureusement ponctués de quelques éclats de rire), plus une personne dans la salle, ne serait-ce que pour punir ce lamentable représentant du ministère public, n'avait envie de condamner l'accusée à une demi-heure de prison (de manière émouvante et magique, c'est un fantôme galant, et reconnaissant, qui est venu sauver sa conseillère psychologique en péril : quelques années plus tôt, Félix Faure en personne avait grandement favorisé l'avancement rapide et inexplicable du magistrat navrant, dont il appréciait la gentillesse de la jeune épouse, ainsi que

sa silhouette gracile et sa disponibilité dans l'après-
midi) ; en revanche, l'avocat de Marguerite Steinheil
a fini en pleurs (crédibles, en plus) sa plaidoirie
de sept heures trente, farcie de clichés familiaux à
tomber malade et dégoulinante du lyrisme le plus
kitsch, très en vogue à l'époque, qui ferait passer
La Petite Fille aux allumettes pour un texte haineux
et cynique ; les jurés n'ont pas beaucoup réfléchi
avant de répondre « Non » à toutes les questions qui
leur étaient posées, toutes, les onze, même, dans leur
élan purificateur de réputation, à celles qui n'étaient
que de pure forme, uniquement destinées à établir le
crime et éventuellement le matricide : « Ladite dame
veuve Japy était-elle la mère légitime de ladite veuve
Steinheil ? » Non. « Un homicide volontaire a-t-il été
commis du 30 au 31 mai 1908 sur les personnes
de M. Adolphe Steinheil et de Mme veuve Japy ? »
Non. (Authentique.) C'est plus sûr. Si la pauvre
Meg n'était pas la fille d'Émilie et si personne n'a
été tué impasse Ronsin, il faudrait être ignominieu-
sement injuste, voire fou, pour la condamner.

Quelques jours plus tard, après une série d'interviews poignantes qui ont dû profondément dépri-
mer Sarah Bernhardt (« Je suis nulle, en fait »),
Marguerite Steinheil a légué la maison du malheur
à sa fille (aujourd'hui, toute l'impasse Ronsin a été
rasée et reconstruite), a vendu aux enchères tout
ce qu'elle contenait (les toiles d'Adolphe, petites
et grandes, sont parties en moyenne à cinquante
francs), et après avoir publié ses Mémoires – si
manifestement falsifiés, fictifs, qu'ils n'ont intéressé
personne –, elle s'est fait oublier. Elle a tout simplement disparu. Pour finir sa vie dans l'ombre, le
remords et la misère, loin de la belle société, de

ses fêtes somptueuses, à l'écart de la lumière et des rires ? C'est mal la connaître.

Elle apparaît sur un petit film de trente secondes qu'on peut voir sur YouTube. Il a été tourné en 1917, huit ans après le procès. Elle a quarante-huit ans, elle est heureuse, souriante et chic, acclamée par toute une foule. La scène se passe à Londres. Sous les applaudissements et les saluts, elle grimpe comme une jeune fille dans une riche et belle calèche, aux côtés d'un homme d'une quarantaine d'années, en tenue d'officier de la Royal Navy : un certain sir Robert Scarlett, devenu lord quelques mois plus tôt, sixième baron Abinger. Encore une heure auparavant, et depuis qu'elle avait traversé la Manche, elle se faisait appeler Mme de Serignac. Lorsqu'elle s'installe radieuse dans la calèche, elle vient de se marier. Félix Faure, Adolphe Steinheil et la mère Japy, son prétendant maire de Balaives-et-Butz et sa fille Marthe, holà, c'est loin derrière elle… Elle est désormais lady Abinger. Pour toujours.

Après dix années de bonheur, de confort british et de fêtes fastueuses, son mari tirera élégamment sa révérence, à cinquante et un ans. De mort naturelle. Elle est plus solide. Vingt ans passent encore avant que Jean Hamelin, d'*Ici Paris*, parvienne à la retrouver à Hove, dans le Sussex, seule dans la propriété familiale du défunt lord. Elle ne fait pas ses soixante-dix-huit ans, assure le reporter, elle a le teint encore frais, les cheveux teints, toujours coquette. Mais elle boite, elle ne peut se déplacer qu'avec une canne, qu'elle agite quand elle s'énerve (ses derniers mots au journaliste seront : « Mon destin n'intéresse plus personne ! *I want to be left alone !* »), et elle est sourde comme un pot.

Elle tiendra le coup encore sept ans, jusqu'au 18 juillet 1954, et mourra paisiblement en son luxueux domaine anglais, respectée de tout le voisinage, quarante-six ans après la dernière coupe de champagne de l'impasse Ronsin. La fête est finie, cette fois, mais dans l'ensemble, si on fait un petit bilan, ça fait quand même une bonne vie.

Alexandra Lapierre

Bulles amères

En cet après-midi de décembre, les quinze derniers étages de Burt & Morton Books, la plus puissante maison d'édition sur la Cinquième Avenue de New York, entraient en ébullition : ce soir, on annoncerait à Stockholm le nom du prix Nobel de littérature. Les auteurs phares de la maison, deux Américaines dont l'œuvre avait déjà reçu tous les honneurs, figuraient parmi les cinq finalistes. On les disait favorites. Ce serait l'une… Ou bien ce serait l'autre. Dans les deux cas, le prix Nobel permettrait à la maison de vendre plusieurs millions de livres et de devenir le groupe éditorial le plus puissant de la planète. Bref, cette nuit allait apporter la fortune et la gloire à un écrivain. Mais aussi, mais surtout, à son éditeur. Le jackpot pour Burt & Morton.

Quant à moi, jamais, jamais je n'aurais cru, moi, pouvoir assister à un tel événement, moi, obscure petite Française de Belle-Île… Pensez donc : *la cérémonie du couronnement chez l'éditeur du prix Nobel !* Oui, imaginez : la fête à New York, en compagnie d'une romancière que la littérature mondiale allait consacrer. Je venais de terminer mes études de communication à Rennes et j'avais obtenu un stage de huit mois au service de presse de Burt & Morton Books. Mon stage tenait déjà du miracle. Un coup de chance inouï que je ne m'expliquais pas... Mais de là à vivre une telle expérience !

Certes, chez Burt, je n'étais pas payée, et peu de personnes, parmi les employés, connaissaient mon nom. Pour la clarté de mon témoignage et ma bonne entente avec vous, je tiens tout de même à vous préciser que je m'appelle Sophie Le Caillou. Et que j'habitais alors chez mes cousins américains qui me logeaient gratuitement à Brooklyn ; que j'avais vingt-quatre ans ; et que la célébration que je vais vous raconter reste la plus marquante de ma carrière. Vous me direz que, vu mon âge et mon peu d'expérience à l'époque, ce n'était pas très difficile. OK, je vous l'accorde. Mais je doute que les émotions de cette fête-là puissent être surpassées, quoi que le destin me réserve encore dans mon métier d'attachée de presse !

En fait d'apprentissage en relations publiques, on m'utilisait pour préparer les cafés, faire des photocopies, décacheter le courrier, découper et coller les articles de journaux, j'en passe. Jour et nuit, sans égard pour les dimanches, pour les horaires ou mes qualifications supposées, je travaillais à n'importe quoi, pour n'importe qui. Je restais si transparente – et si polyvalente – qu'on m'avait même préposée à l'ouverture des bouteilles de champagne lors des cocktails de lancement et à la distribution des serviettes en papier qui accompagnaient les petits-fours.

Les bouteilles, les serviettes, les petits-fours... Cela tombait bien. Car participer à ce cocktail-là, dont toute la boîte rêvait depuis des années – peut-être

le plus extraordinaire de tous les temps chez Burt –,
c'était ma carotte, mon Graal, l'aboutissement de
mes ambitions les plus folles.

… Et pas seulement les miennes, bien sûr.
L'événement qui se préparait couronnait des décennies d'un lobbying acharné, un travail de titan,
qu'avaient orchestré, sur tous les continents, des
centaines de « communicants ».

Comme pour tous les autres prix – plus encore,
bien sûr, pour le Nobel de littérature dont le pres-
tige rejaillit sur une nation tout entière –, le choix
d'un candidat dépend d'associations assez puissantes
pour promouvoir la personnalité littéraire la mieux
placée dans le pays. Traduction : chacune des mai-
sons d'édition potentiellement nobélisables engage
une armée d'attachés de presse, qui *networkent* jour
et nuit auprès des différents *lobbies*.

Sur ce front – les relations publiques –,
Burt & Morton n'avait pas lésiné. La direction avait
placé tous ses espoirs dans une star : Emmy Farrett,
quarante-huit ans, la directrice de la communication la mieux payée de Manhattan. Cette femme
– ma boss que je n'avais vue que rarement, mais
que j'avais entendue se plaindre partout, au téléphone, dans les couloirs, dans les toilettes, de la
nullité de ses collaboratrices –, cette femme passait
pour une garce. Une folle de pouvoir. La pire des
salopes… Même envers sa propre équipe, compo-
sée de deux lionnes aux dents longues : les splen-
dides Janet et Rita. Un couple infernal, qu'en bonne
adepte du « diviser pour régner » Emmy mettait en
concurrence.

À sa chouchoute, Janet, elle avait donc confié
la victoire de la nobélisable n° 1 : Sandy Moore.

À sa chouchoute *bis*, Rita, la victoire de la nobélisable n° 2 : Joanne MacMillan.

Bizarrement, au lieu de soutenir ses attachées de presse, Emmy les poussait à s'affronter, à se tirer dans les pattes et à s'éliminer. Il ne pourrait, en effet, y avoir qu'une seule gagnante à Stockholm. La pouliche de Janet *ou* celle de Rita. La romancière Sandy Moore, native de La Nouvelle-Orléans, dont les ouvrages dénonçaient la ségrégation des Noirs, plus présente que jamais en cette fin de xxᵉ siècle, dans les États du Sud. *Ou* la romancière Joanne MacMillan, elle aussi politiquement très engagée, qui révélait la misère physique et morale des petits fermiers blancs d'Alabama.

Sandy Moore, Joanne MacMillan : deux monstres sacrés du même âge, une soixantaine d'années, que la critique encensait, que leurs lecteurs adoraient.

Depuis plusieurs décennies, Moore et MacMillan prenaient bien garde de ne pas sortir leurs livres ensemble, jamais le même mois ni la même année, de peur de « se bouffer du tirage », comme le résumait Emmy Farrett. Sur le fond, chacune reprochait à Burt & Morton de la défavoriser, en lui offrant à elle de moins gros contrats, à elle de moins grosses avances, de moins gros tirages, de moins grosses mises en place. Et surtout, surtout, à elle, une *moins bonne attachée de presse*... Leurs scènes empoisonnaient la vie de leurs agents et de leurs éditrices.

Une vieille histoire qui commandait de les garder à distance.

Mais la jalousie qui opposait ces deux-là n'était rien, absolument *rien* comparée au duel sans merci que se livraient Janet et Rita autour du Nobel. Une affaire de vie ou de mort. Peu importaient les moyens : l'entrée de Burt & Morton au panthéon de la littérature mondiale justifiait tous les coups.

Dans l'immense tour du groupe éditorial, Emmy Farrett avait fait aménager deux suites identiques pour l'une et pour l'autre des deux candidates. Mêmes fenêtres, même vue, même décoration intérieure. Seule variante : le premier salon, celui de Sandy Moore, se trouvait au quarantième étage, l'autre au trente-cinquième. Cette organisation permettait d'empêcher que leur agent, leur éditrice, leur famille, leurs amis, bref leurs bandes respectives se rencontrent au moment fatidique, celui où l'une aurait gagné, l'autre perdu. Pour le reste : même moquette beige, mêmes bergères de cuir blanc, mêmes canapés en arc de cercle autour des tables basses, mêmes gerbes de fleurs rouges, même buffet, même bar, et même orientation sud-ouest sur la Cinquième Avenue.

La chef d'orchestre de ce maelström ne se trouverait pas, elle, dans l'immeuble. Emmy Farrett avait élu domicile en Suède : elle suivait en temps réel les délibérations secrètes de l'Académie. Le jury se composait aujourd'hui des cinq académiciens du comité Nobel et des membres de la communauté internationale, qui votaient pour les cinq candidats de la liste finale.

Grâce à ses précieux tuyaux sur place, Emmy pourrait transmettre, *via* SMS, les résultats à Janet et Rita… Quelques minutes – peut-être même un quart d'heure ! – *avant* la conférence de presse au palais Börshuset et l'annonce officielle. L'éditrice de la lauréate relaierait tout de suite son nom à la direction du cinquantième étage, à Mr. Burt et

Mr. Morton, qui attendraient la nouvelle en terrain neutre, avec les médias.

Pour ma part, j'étais préposée à l'astiquage des flûtes de champagne dans le salon n° 2, celui du trente-cinquième, dévolu à Joanne MacMillan... Je veux dire le quartier général de Rita.

Je ne vous ai pas encore parlé d'elle. Rita. Franchement, je ne l'ai jamais trouvée aussi anti-pathique qu'on me l'avait décrite au début de mon stage. J'ose même affirmer qu'elle m'avait très vite semblé la moins dure des employées de Burt & Morton. Je n'irais pas jusqu'à dire qu'elle fai-sait preuve de tendresse envers ses inférieures, non. Elle était de nature compétitive. Très ambitieuse. Très impatiente. Et toujours trop pressée. Gare à la malheureuse standardiste qui se trompait dans la commande de son taxi, ou à l'assistante qui ne réa-gissait pas assez vite à ses exigences. Le moindre délai, la plus petite contrariété la rendait folle de rage. Et dans ces cas-là, elle vous accablait d'hor-ribles insultes qui vous terrassaient durant des jours. Mais, au contraire de Janet, elle n'écrasait pas ses stagiaires sous des besognes inutiles.

Bref, si Rita me faisait un peu peur, j'avais de la sympathie pour elle. Je dois reconnaître que j'étais aussi fascinée par son physique.

En dépit de ses trente ans bien sonnés, elle restait l'une des plus jolies filles de New York – brune, avec une longue chevelure d'Italienne, mince, à la pointe de la mode, divinement foutue, un vrai look de mannequin... Comme Janet, d'ailleurs, qui, elle, était blonde et portait les cheveux court.

Toujours juchée sur ses stilettos, ses mille télé-
phones mobiles à l'oreille, ou bien les dix doigts
sur les claviers de ses mails, les deux pouces sur
les claviers de ses SMS et de ses tweets, Rita ne
cessait de courir et ne se concédait aucun plaisir
personnel. Une fonceuse. En tout cas, le contraire
d'une glandeuse. Traduction : elle n'avait pas de vie
privée. Du moins, rien de fixe à ma connaissance…
Pas de mari, pas de compagnon. Ni même d'amant,
sinon peut-être un flirt d'une nuit, ici et là. Et ses
innombrables amitiés étaient toutes des amitiés pro-
fessionnelles.

Elle n'avait pas le temps pour autre chose que les
relations publiques.

En vérité, son métier était toute sa vie. Et elle
travaillait dur. Je ne pouvais qu'admirer son dévoue-
ment à la cause du Nobel… Pour ne pas parler de
son *abnégation.* Du fond du cœur, je souhaitais que
ce soit elle, Rita, qui gagne. D'autant que son auteur
était aussi la mienne… si j'ose dire. Ma favorite.
J'avais lu tous les livres de Joanne MacMillan, dont
l'œuvre était, à mon avis, d'une qualité bien supérieure à celle des quatre autres nobélisables.

La fièvre de la maison m'avait gagnée. Moi aussi
j'étais prête à lutter becs et ongles pour le triomphe
de *mon* écrivain et de *mon* attachée de presse.

Pour Rita !

Le grand jour. 22 heures à Stockholm, 16 heures
à New York. Nous piaffions depuis le matin. Et les
résultats se faisaient attendre.

Derrière les portes closes des deux suites, la tension
était palpable, l'angoisse à son comble. Bizarrement,
sous les deux bars, dans les glacières, les bouteilles

de champagne, qu'on avait probablement trop agitées en les sortant de leurs cartons, laissaient toutes seules exploser leurs bouchons, et les bulles, que le barman se hâtait de verser dans les coupes, pétillaient jusqu'au débordement.

Trop tôt.

Nul n'osait encore porter un verre à ses lèvres, nul n'osait même manger quoi que ce soit ou s'asseoir.

Dans mon salon à moi – enfin, le salon de Rita, au trente-cinquième étage, donc –, les serveurs passaient leurs petits-fours pour la centième fois. Quant à moi, je tournais comme une toupie, offrant fébrilement mes serviettes en papier aux convives de Joanne MacMillan. C'était une grosse dame à lunettes, la jupe de tweed à mi-mollet : une silhouette qui m'évoquait la Miss Marple d'Agatha Christie. Ses proches s'étaient regroupés autour de son agent qui meublait le silence en parlant trop fort de la faillite des chaînes de librairies. Personne ne l'écoutait. Joanne MacMillan moins encore que les autres. Du coin de l'œil, sous ses lunettes, elle surveillait son attachée de presse.

Rita se tenait à distance, debout dans un angle, les jambes croisées… Rita, que j'avais toujours connue les pouces en mouvement, semblait totalement tétanisée par le trac. La tête penchée, elle consultait son portable.

Au moment où je m'approchais d'elle pour lui tendre ma serviette en papier, elle grommela :

— Je ne tiens plus, suis-moi.

Sans comprendre, je l'escortais jusqu'à la porte, enfilais derrière elle le couloir, pénétrais avec elle dans les toilettes. Elle me tendit son smartphone et s'enferma précipitamment chez les dames. De derrière la porte, elle me cria :

— Ne lâche pas l'écran des yeux ! Ça peut arriver d'une seconde à l'autre !

Pétrifiée, je tenais le téléphone avec fermeté.

Elle hurla :

— Toujours rien ?

À l'instant où elle tirait la chasse, le message d'Emmy apparut : « 3 contre 2 ! » Dans le bruit de trombe d'eau, je haletai :

— « 3 contre 2 », y a écrit « 3 contre 2 » !

La vitesse à laquelle Rita sortit des toilettes, je ne vous la décrirai pas.

Elle m'arracha son portable, jeta un coup d'œil à l'information, courut jusqu'au salon n° 2, et hurla :

— Joanne a gagné à 3 voix contre 2 !

Alors là, ce fut une explosion. Jamais je n'aurais pu imaginer quiconque chez Burt capable d'une telle liesse. Les hourras fusèrent. Les bouchons sautèrent. Les bulles coulèrent à flots. Dans le brouhaha, chacun se pressait autour de l'auteur pour l'embrasser.

Joanne MacMillan pleurait de joie. Son agent, qui pleurait aussi, l'avait prise dans ses bras. Même ses enfants et ses petits-enfants étaient en larmes. Tous se congratulaient de ce succès magnifique…

Mais Rita ? Où était la responsable de ce triomphe ? Où était Rita ?

Le « prix Nobel » se dégagea des étreintes de ses proches pour se retourner vers la jeune femme qui souriait derrière elle : à la lettre, Rita rayonnait. Je ne l'avais jamais vue d'une beauté aussi éclatante.

L'attirant contre son imposante poitrine, Joanne MacMillan la serra longtemps, longtemps, lui exprimant par ce geste l'immensité de sa gratitude. Ce sentiment de reconnaissance, cette obligation à vie, Joanne tenait à les clamer. D'une voix que l'émotion faisait vibrer, elle dit haut et fort :

— Cette victoire, c'est à toi, Rita, que je la dois. Sans toi, ma chérie, sans ton travail acharné, sans ta foi, je n'aurais jamais franchi la ligne d'arrivée. Sans *toi*, rien n'aurait été possible. Merci, merci, merci ma Rita !

Cet hommage ouvrit le feu aux autres compliments. L'éditrice se fendit d'un discours puissant, qui saluait le génie de Joanne MacMillan. Elle passa tous ses livres en revue avec de grands mots, et conclut en soulignant l'habileté, l'acharnement, l'intelligence de la meilleure attachée de presse de New York, la meilleure d'Amérique, la meilleure de la planète.

Le groupe de Burt & Morton ne manquerait pas de hisser Rita au rang d'Emmy Farrett, avec un salaire bien supérieur.

... À ce propos qu'avait-elle accompli, l'indétrônable Emmy Farrett ? En dehors de se les rouler dans les palaces et d'envoyer des SMS ?... Même pas capable de soutenir ses auteurs en personne ! Pas capable de partager leurs moments de liesse. Ou leurs heures de désespoir. La pauvre Sandy Moore aurait eu grand besoin de sa présence pour que son échec soit relayé aux médias d'une façon intelligente et digne. Mais l'intelligence, la dignité ? Ces deux vertus faisaient cruellement défaut à la Farrett !

Au terme de cette tirade qui réglait son compte à l'absente, l'éditrice de Joanne acheva de vider

sa coupe à la santé du prix Nobel MacMillan...
Et consacra sa dernière gorgée à celle de Rita.

Pour ma part, je lui apportais à elle, Rita, ma chef
si pleine de talent et de gloire, double ration de
serviettes. J'étais fière. Fière d'elle. Fière de nous...
Aux anges.

Quand nous eûmes porté d'innombrables toasts
à la santé de notre clan, l'éditrice nous suggéra de
monter au cinquantième, pour rejoindre les *big boss*
de Burt & Morton. Et de continuer la fête avec
les journalistes, lors de la conférence de presse...
Comme prévu pour la lauréate.

Schuss vers le dernier étage !

Toute la bande s'engouffra dans l'ascenseur.

La plupart d'entre nous avaient gardé leur flûte
à la main, ce qui causa quelques accidents. Mais
quelle importance ? Dans notre état d'euphorie, nous
nous serions volontiers noyés dans le champagne.
Et durant notre brève ascension, nous continuâmes
à boire et à nous congratuler.

Contre toute attente, la cabine ne gravit pas d'un
coup les quinze étages qui nous séparaient de la
fête officielle. Avec un soubresaut, elle s'arrêta au
quarantième.

Le palier des perdants.

Un stop brutal.

Catastrophe ! Exactement ce qu'Emmy avait cherché à éviter. Catastrophe ! Les deux bandes allaient
se croiser...

Avant que la porte ne s'ouvre, Rita nous rassura :

— Sandy Moore n'a rien à célébrer...

Cette phrase nous fit glousser.

— ... Elle est certainement déjà descendue avec
Janet et ses amis, depuis long...

Rita n'eut pas le temps de terminer. Les battants de l'ascenseur révélaient sur le palier une foule hilare... Une foule, elle aussi armée de bouteilles et de flûtes pleines. Au centre, une femme de couleur, de l'âge et de la corpulence de Joanne MacMillan, riait aux éclats : Sandy Moore. Elle semblait un peu ivre et tenait par le cou, familièrement, Janet et son éditrice qui l'encadraient.

Il y eut, entre nos deux groupes, un instant de stupeur réciproque. Ce fut ce moment que Rita choisit pour sortir de l'ascenseur et dire à la cantonade, en ayant l'air de ne s'adresser qu'à Janet :

— Je suis vraiment désolée de ce résultat, Janet... Si le jury avait été un peu plus juste, un peu plus audacieux... Oui, si le jury avait eu le moindre courage, il aurait élu nos *deux* auteurs.

Sentant qu'elle devait elle aussi participer aux condoléances, Joanne MacMillan sortit à son tour sur le palier.

— Tu le méritais autant que moi, Sandy, balbutiat-elle en l'étreignant. Et peut-être davantage, ma chérie... Tu es un grand écrivain ! La plus grande.

— Comme c'est gentil à toi de le reconnaître, Joanne, je n'en attendais pas moins de ta générosité.

— Tout n'est pas perdu, ma chérie : tu pourras te représenter l'année prochaine... c'est même l'usage ! En tant que futur membre du jury, je te soutiendrai et voterai pour toi.

— C'est moi qui voterai pour toi, ma chérie ! Mon cœur saigne en songeant à ce que tu éprouves... Quelle injustice !

Si cet échange entre les deux stars me passait au-dessus de la tête, la joie qui baignait les visages en face de moi me stupéfiait. Je fus soudain couverte de sueurs froides. Un pressentiment horrible : ces gens se croyaient les vainqueurs !

Atterrée, je cherchai Rita du regard…

Elle devait absolument dissiper cet affreux malentendu.

Rita devait les avertir, dire à Janet l'abominable erreur qui allait les couvrir de honte, elle et son auteur.

Rita devait empêcher leur humiliation. Les protéger de cela, au moins.

Trop tard. Sandy Moore et ses supporters s'engouffrèrent dans l'ascenseur, nous repoussant au fond. Joanne et Rita n'eurent que le temps de se précipiter à leur suite, avant que les portes ne se referment.

Un silence gêné s'abattit sur la trentaine de personnes que l'excitation chauffait à blanc. Nous nous tenions serrés dans la cabine, sans oser bouger. Durant la longue minute que dura le trajet, je cherchai de nouveau le regard de Rita. La tête penchée, elle observait son propre décolleté. Elle semblait mal à l'aise…

Elle avait compris : Sandy Moore croyait avoir remporté le Nobel. Horreur !

Joanne MacMillan, aussi, avait compris. Effarée par la déception qui attendait sa rivale, désolée du camouflet qui ridiculiserait sa vieille ennemie, elle ne savait plus comment se tenir. Derrière les verres de ses grosses lunettes, elle gardait les yeux baissés et semblait, comme Rita, observer sa propre poitrine.

En vérité, toutes, même l'éditrice de Joanne, même son agent, toutes, nous souffrions pour Sandy Moore.

Ce qui l'attendait, lors de la conférence de presse…

Comment survivrait-elle au choc de sa déconvenue – doublé de la révélation de son échec ?… Un désappointement d'une telle ampleur, en public !

Une certitude : l'étendue de la méprise allait tuer Janet. Grillée, à jamais, dans le milieu de la communication.

Nous montions inexorablement vers la tragédie.

Pauvre Sandy, pauvre Janet.

J'avais beau n'éprouver aucune sympathie pour ces deux femmes, la cruauté de leur situation me glaçait.

La réalité fut pire encore que ce que j'avais imaginé. À peine la cabine eut-elle atteint le dernier étage que nous fûmes assaillis par une haie de micros, de caméras et d'appareils photo.

Dans le couloir, la masse de journalistes était telle qu'elle nous empêchait de progresser. Au-dessus de ma tête, je voyais des perches se balancer : toutes se tendaient, non pas vers Joanne MacMillan, mais vers Sandy Moore.

Désastre : le malentendu était total, et les médias s'y laissaient prendre !

— Que ressent-on, Mrs. Moore, que ressent-on devant le prix Nobel ?

Je ne pus retenir un geste d'agacement. Qui pouvait bien s'intéresser aux réactions de Sandy Moore quand Joanne MacMillan allait monter sur le podium ?

Janet s'interposa.

— Mrs. Moore répondra à toutes les questions dans quelques instants.

C'était bien dans la manière de Janet de tirer la couverture à elle ! Bizarrement, toute compassion m'avait quittée. La volonté des perdantes de se pousser sur le devant de la scène devenait insupportable. La comédie avait assez duré. L'expression de Rita me conforta dans mon début de colère.

Elle avait saisi le coude de Joanne et tentait de l'entraîner vers la salle de conférences. Je l'aidais du mieux que je pouvais : « Laissez passer… Laissez passer la lauréate. Laissez passer Mrs. MacMillan. »

Au moment où nous atteignions l'estrade, Janet nous coupa de nouveau la route… C'était tout de même le comble !

Par chance, Mr. Burt s'avança. Grand, le cheveu blanc, une carrure à la John Wayne : lui seul pouvait arrêter la bousculade et sauver la situation.

À mon indicible stupeur, je le vis tendre la main à Sandy Moore, l'aider à gravir les quelques marches, la suivre sur l'estrade et clamer au micro :

— Quel triomphe… ! Dans le comité, seulement deux voix contre vous, ma chère Sandy !

Paniquée, je me tournais vers Rita. Elle était livide mais ne protestait pas. Pourquoi ?

L'énormité d'une telle méprise… Je mis plusieurs secondes à saisir.

Se pouvait-il que le triomphe de la Moore soit la réalité ?

Si oui, alors…

Alors… Nous avions mal interprété le message d'Emmy Farrett.

« 3 contre 2 ! »

Se pouvait-il que nous nous soyons trompées de sens ?

Et que Rita, dans son enthousiasme et sa précipitation, que Rita n'ait pas pris le temps de réfléchir ?

« 3 contre 2 ! » Donc, en effet, oui... *Deux voix* pour *MacMillan, et trois* contre.

Qui dira l'atrocité de cette révélation ?

Je regardais Joanne, décomposée, au pied du podium. Elle retenait à deux mains ses lunettes, que la sueur avait précipitées au bout de son nez. Ne lui restait que ce geste pour s'accrocher à quelque chose et ne pas tomber.

Et maintenant Rita, après avoir commis une telle faute à son égard, Rita, après lui avoir imposé une telle épreuve, Rita allait encore la torturer en l'empêchant de fuir ! Un devoir : la forcer à faire *bella figura*. Sourire à la presse, bavarder, applaudir. Et pour cause... La perdante n'avait-elle pas librement choisi d'assister au triomphe de sa rivale ?

Je regardai Rita, debout à ses côtés, le sourcil froncé, la bouche tordue. Décomposée, elle aussi.

Jamais mon cœur n'a autant saigné devant un visage de femme.

Qui dira l'horreur de la culpabilité de Rita envers *son* auteur ?

Et qui dira l'horreur de ma culpabilité, envers Rita ?

Aucune d'entre nous – je ne parle même pas de la malheureuse Joanne MacMillan – ne s'est jamais remise des bulles trop amères de cette fête-là.

★
★ ★

Mais Rita et moi étions-nous vraiment aussi coupables que je l'avais cru ?

Cette garce d'Emmy Farrett ne clamait-elle pas dans les couloirs qu'on pouvait bien vanter à New York l'habileté de ses collaboratrices, on se trompait... Janet et Rita manquaient de concentration, elles ne réfléchissaient pas. Deux plumes. Deux bulles, elles aussi... Trop légères, malheureusement, pour manipuler quiconque et tirer les ficelles. Une chose était certaine : elles n'auraient jamais ni les nerfs ni la tête pour la remplacer, elle, dans le monde de la communication internationale... Et, n'en déplaise aux éditrices de Burt qui poussaient ses émules, Emmy se flattait de pouvoir *malheureusement* les piéger selon son bon plaisir. N'importe où, n'importe quand.

C'était chose faite pour sa chère petite Rita.

Quant à Janet, elle n'aurait qu'à bien se tenir.

Agnès MARTIN-LUGAND

La Crémaillère...

Les bras chargés de fleurs fraîchement coupées dans le jardin, je remontais guillerette vers la terrasse. Je ralentis le pas en découvrant Éric, assis dans un fauteuil, les yeux rivés sur un livre. Je voyais au relâchement de ses épaules à quel point il était détendu, après cette folle semaine. Ayant les mains prises, je ne pouvais pas me pincer, aussi me mordis-je la langue. La douleur fut telle que, oui, je pouvais m'autoriser à y croire. Nous avions bien emménagé dans cette superbe maison en bois. Nos chemins s'étaient recroisés il y avait un peu plus d'un an, alors que nous nous étions perdus de vue durant cinq longues années. Et aujourd'hui, nous vivions ensemble dans un endroit magnifique avec l'approbation tant espérée de nos grands ados respectifs.

Dimitri, mon fils de quinze ans, avait grincé des dents au début de notre relation. Quant à Louise, la fille d'Éric, elle avait mis quelques mois à m'adresser la parole. Désormais, ces tensions étaient derrière nous, nous étions en train de créer une famille recomposée. J'avais décidé de faire de cette maison le lieu de nos rassemblements, de nos joies, de nos peines partagées, de nos énervements familiaux, de notre fête de nous être trouvés, avec Éric.

Nous nous complétions, lui avec son tempérament posé, réfléchi, non dénué d'un humour pince-sans-rire, et moi avec ma spontanéité gaffeuse. Je ne vais pas mentir : parfois, je le regardais à la dérobée – comme à l'instant –, et la peur de le perdre me saisissait à la gorge. À certains moments, je me sentais totalement à côté de la plaque face à lui, son assurance, la confiance qu'il inspirait à quiconque le rencontrait. Certes, il aimait mes défauts, je crois bien que c'est ce qui l'avait charmé chez moi en premier – après m'avoir hurlé dessus parce que j'étais en retard –, mais comment être certaine qu'un jour ou l'autre il ne se lasserait pas de mes étourderies ? Il ne me donnait aucune raison de m'inquiéter, ne me reprochant jamais mon caractère. Et, à mon grand émerveillement, c'était même lui qui avait proposé qu'on habite enfin ensemble. Il avait tout géré de main de maître ; la recherche de maison, les visites, le compromis, le notaire, les démarches auprès de la banque. Moi, je n'avais fait que remplir des cartons. Et encore, en cassant tellement de choses et en mettant tout le monde en retard, même les déménageurs. J'aurais dû pleinement savourer ce que nous vivions, mais le doute est vicieux et plus collant qu'un pansement. J'avais certainement cette peur vissée au corps et au cœur, parce que je l'aimais à la folie, bien plus que je n'avais aimé Fabrice, le père de Dimitri, et, du coup, j'enchaînais encore plus de bêtises que d'habitude.

Arrivée à ce stade de ma réflexion, je croisai son regard, il fronça les sourcils, légèrement inquiet.

— Sophia… Ça va ?

— Oui, oui…

Il se leva et fit les quelques pas qui nous séparaient, puis il caressa délicatement ma joue, son geste depuis le début.

— Tu avais l'air dans tes pensées, c'est étrange de ne pas te voir montée sur ressors, se moqua-t-il gentiment.

— Ne t'inquiète pas, tout va bien. On est au paradis, chez nous !

— Tu es jolie avec tes fleurs…

Il m'embrassa d'une telle manière que mes craintes s'apaisèrent instantanément.

— J'ai mis du champagne au frais, m'annonça-t-il, visiblement fier de lui.

— En quel honneur ?

— Notre premier soir, notre première nuit chez nous sans les enfants.

Et voilà, il pensait à tout…

— Ça se fête, tu ne crois pas ?

Nous avions tenu à ce que Louise et Dimitri participent au déménagement, prennent possession des lieux, de leurs chambres comme ils le souhaitaient. Dimitri vivait avec nous, n'allant chez son père qu'un week-end sur deux. Louise vivait chez sa mère à deux cents kilomètres de chez nous et ne viendrait qu'une fois tous les quinze jours. Après une semaine à quatre, ils nous avaient quittés cet après-midi.

— Je vais mettre mon bouquet dans un vase, et la soirée est à nous !

Je partis en sautillant, non sans oublier de me prendre les pieds dans le seuil de la baie vitrée, ce qui déclencha un fou rire du tonnerre à Éric.

Le lendemain matin, j'ouvris les yeux, blottie dans ses bras. Vu le soleil qui baignait notre chambre, nous nous étions octroyé une très belle grasse matinée. Je sentis Éric remuer à son tour, je levai le visage vers lui et découvris son regard embrumé de sommeil.

— Tu m'as contaminé, me dit-il en riant, à moitié endormi.

Éric se levait toujours avant moi, j'avais la fâcheuse tendance à oublier le réveil, et à oublier de me réveiller tout simplement. J'étais perpétuellement en retard, le matin. Aujourd'hui, cela n'aurait pas trop de conséquences, puisque nous étions encore en vacances. Il soupira de bien-être avant de me serrer plus fort contre lui.

— On est bien, ici, murmura-t-il. Il nous reste un peu de boulot, mais bientôt ça sera parfait !

Un peu plus tard, nous buvions notre café sur la terrasse lorsqu'une idée me vint à l'esprit.

— Tout à l'heure, tu disais qu'on était heureux ici, lui dis-je.

— Oui, et ?

— On pourrait partager notre bonheur ? Et organiser une fête, profiter des beaux jours pour pendre la crémaillère ?

En guise de réponse, il se para d'une moue dubitative. Je calmai immédiatement mes ardeurs. Une fois de plus, je faisais tout de travers.

— Tu n'as pas envie... Tu as certainement raison, c'est une mauvaise idée...

— Sophia ! Ne t'emballe pas comme ça ! Je n'ai jamais dit que je n'en avais pas envie, tu ne m'as même pas laissé le temps de te répondre.

Il s'accroupit devant moi en attrapant mes mains dans les siennes.

— Tu es sur les nerfs, que se passe-t-il ? Il y a un problème ?

J'ai peur de te perdre...

— Rien, aucun, je te promets.

Plus que sceptique, il secoua la tête.

— Ouais... on va dire que je te crois. Bon, alors, cette fête... figure-toi que ça me tente bien... c'est juste que je ne suis pas sûr qu'on va assurer sur ce coup-là... Je me dis que, quitte à faire une soirée ici, autant être certains de la réussir. Tu ne crois pas que c'est prématuré ? On vient d'arriver.

Justement, c'était ce que je voulais, organiser un événement particulier pour lui montrer que j'étais autre chose qu'une éternelle étourdie. Pour lui prouver qu'il pouvait me faire confiance, qu'il pouvait se reposer sur moi, ne serait-ce que pour une soirée entre amis. Je lui décochai un sourire malicieux et lui rappelai comment, il y avait des années de ça, alors que nous nous connaissions à peine, nous avions réussi à organiser un goûter d'anniversaire pour l'école de Dimitri et Louise.

— On a même eu les félicitations de la maîtresse !

Il éclata de rire.

— Voilà, là c'est toi, ma Sophia. Va pour la crémaillère !

Brusquement, je respirai mieux.

Le soir même, nous calions une date où Louise et Dimitri pourraient être présents. Hors de question de fêter notre maison sans nos enfants. Nous avions donc trois semaines devant nous. La reprise du travail ne nous facilita pas les choses. Un bref instant, je réfléchis même à la possibilité de demander un congé sans solde pour m'en sortir ! Le ridicule de mon idée m'empêcha d'en parler à Éric. À la place, dès que je retrouvai mon bureau, je fis un classement dans mes dossiers à traiter ; une pile pour les urgences, une autre pour ceux dont je m'occuperais après. Dissimulée derrière mon écran d'ordinateur, je fis ma première liste : les invités. Quand elle fut prête, je me lançai dans la rédaction de l'invitation, j'y passai une grande partie de la journée, cherchant mes mots, triant quelques photos comiques du déménagement pour illustrer le tout. À 18 heures, juste avant de quitter le bureau, j'envoyai le mail, fière de moi.

Lorsque Éric rentra plus tard que d'habitude, je notai immédiatement son air sombre. Avais-je fait quelque chose de mal ? Étais-je allée trop loin avec les photos ? Après tout, il était plutôt discret et pudique. Il ne tarda pas à m'expliquer ce qui le souciait ; une tuile lui était tombée dessus au boulot et allait l'absorber tout entier les prochaines semaines.

— Je n'ai même pas eu le temps de t'envoyer un texto aujourd'hui pour te dire qu'on reportait la crémaillère. Quand j'ai vu ton mail arriver...

— Ne t'inquiète pas, le coupai-je. La reprise est plutôt cool, pour moi.

Il haussa un sourcil, circonspect.

— Tu as invité beaucoup de monde, je trouve...

C'est vrai que plus de trente personnes, je me suis peut-être un peu lâchée...

— Il y a toujours des désistements ! Et je n'ai pas besoin de toi, je gère !

— Si tu le dis ! Mais fais simple...

Ce n'est pas exactement ce que j'ai en tête...

— Promis !

Amusé et légèrement résigné par mon enthousiasme, il rit avant de me prendre dans ses bras.

— Tu as fait les choses en grand, avec ton invit'. Entre nous, je m'attendais à tout sauf à un truc pareil...

L'espace d'un instant, je ne fus pas sûre de la façon dont je devais interpréter sa dernière phase. Était-il surpris et heureux de ce que j'avais déjà fait ? Ou quelque chose le dérangeait-il ? Je préférais choisir la première option. J'étais convaincue au plus profond de moi-même qu'il souhaitait que je prenne certaines choses en main, que je gagne un peu en maturité et en sagesse. Après tout, faire une belle invitation était signe de sérieux...

Le lendemain midi, je déjeunais avec ma meilleure amie Pauline ; son mari Julien bossait dans la même entreprise qu'Éric, nos liens n'en avaient été que renforcés, surtout qu'ils avaient mis la main à la pâte pour nous réunir. Sans tarder, je lui demandai si elle avait bien reçu mon mail.

— Ça tombe mal, me répondit-elle. On a prévu d'aller chez les parents de Julien.

— Ce n'est pas possible ! Annulez ! Vous devez être là !

Je me retenais de taper du pied.

— Calme-toi, Sophia ! Je vais user de mon pouvoir de persuasion, tu sais aussi bien que moi qu'un week-end chez mes beaux-parents me barbe au plus haut point !

Je réussis à rire.

— Tu me promets de tout faire pour être là ?

— Bien sûr ! Mais dis donc, ça a l'air de te tenir à cœur. Éric est motivé, lui aussi ? J'adore ton chéri, mais il n'a pas l'air très branché fête… Et puis, vu les soucis au bureau en ce moment…

— Je m'occupe de tout et, franchement, ça lui fait plaisir.

— Dis-moi si tu as besoin d'aide !

— Débrouille-toi pour être là, ça sera suffisant !

Le pire était que j'y croyais. J'étais convaincue que l'amour me donnait des ailes, le défi que je m'étais lancé me berçait dans l'illusion de la réussite assurée. Du genre « même pas peur ». Le soir même, en quittant le boulot, je passais à la librairie acheter des livres de cuisine aux thèmes bien précis : l'art du cocktail, petits-fours en pagaille, recevoir ses invités et les épater. C'était bien la première fois que ça m'arrivait ! Les jours suivants, après le dîner, pendant qu'Éric travaillait, je les compulsais sous son regard dubitatif. Il ne faisait aucun commentaire. Même lorsque je me mettais derrière les fourneaux pour passer à la pratique. Une seule fois il tenta sa chance pour que je l'autorise à goûter, je refusai :

— Pas question ! Ce sera une surprise.

— Éric, si j'étais toi, je m'éloignerais, le mit en garde Dimitri.

Mon fils passa à côté de moi en lançant un regard dégoûté à mes préparations et fourra son nez dans un placard d'où il ressortit une tablette de chocolat. Après avoir croqué un morceau, il enchaîna :

— Ce qu'elle prépare est forcément toxique.

— Dimi ! m'étranglai-je. Tu pourrais m'encourager !

— Pour votre soirée, je vais me faire des réserves de chips.

— Tu devrais faire comme moi, l'interrompit Éric. Confiance à ta mère...

Mon grand bêta d'adolescent refréna un rire moqueur et reprit le chemin de sa chambre.

— Je t'aurai prévenu, balança-t-il à Éric.

Celui-ci me lança un regard tendre.

— Il est dur avec toi.

— C'est le jeu, lui répondis-je en haussant les épaules, fataliste.

Éric parcourut le chantier de la cuisine, avant de me faire face, légèrement soucieux.

— Tu es certaine que tu n'en fais pas trop ? On a dit simple, tu te souviens ?

— C'est trois fois rien, je te promets, et ça m'amuse !

— Alors, c'est bon ce que tu nous concoctes ?

— Je vais te dire ça immédiatement !

Plus que confiante, j'enfournai une tentative de petit-four. Je retins un haut-le-cœur, décochai un grand sourire à Éric en levant un pouce en signe de victoire. Il rit et retourna à son bureau, sans me jeter de dernier regard, à mon grand soulagement, puisque je pus recracher discrètement dans la poubelle le résultat de mes dernières heures de travail. Ce n'était pas gagné, mon affaire.

Dix jours plus tard, la situation s'était empirée. Le constat était clair ; j'étais dépassée. J'avais parié sur les absents, ceux qui ne peuvent pas venir (mis à part mes meilleurs amis qui eux n'avaient pas le choix). Résultat des courses : tout le monde répondait présent. Très clairement, je ne savais plus où donner de la tête. Je laissais croire que j'avais la situation parfaitement en main, alors que je me réveillais en pleine nuit, en nage, à l'idée de la catastrophe à venir. Je cessai définitivement de cuisiner, tout ce que je faisais finissait dans la benne, immangeable. Mais, coûte que coûte, je voulais, je devais réussir, c'était obligatoire, impératif. Je passais donc mes soirées devant l'ordinateur à chercher de la déco, des idées, de la musique pour que l'ambiance soit parfaite. Pour le moment, un seul problème était réglé ; j'avais réussi à trouver une tente à monter dans le jardin, en cas de pluie.

Ce samedi matin, huit jours avant l'impact, malgré ma fatigue, je me levai juste après Éric – aux aurores par rapport à mes habitudes du week-end. Ma journée était remplie et devait à tout prix se révéler concluante. Lorsqu'il me vit débarquer, douchée, habillée et légèrement électrique, il ne put cacher sa stupéfaction.

— Sophia, qu'est-ce qui te prend ?

— J'ai des rendez-vous et des courses à faire.

— Pourquoi ?

— La crémaillère !

Il soupira d'exaspération.

— Tu n'as plus que ce mot-là à la bouche. Si tu as besoin d'aide, demande-moi, OK ?

Voilà, j'avais raison, il ne m'en croyait pas capable.

— Non ! Je me débrouille parfaitement toute seule !

— Ça prend des proportions complètement dingues ! Je commence à regretter, je te jure ! J'avais d'autres projets pour nous, aujourd'hui. Tu as oublié ? Je t'en ai pourtant parlé.

Première nouvelle...

— Je suis désolée.

Il balaya d'un revers de la main mes excuses.

— Depuis qu'on a décidé de faire ce truc, c'est comme si tu n'étais pas là. Tu n'as même pas calculé hier soir quand je t'ai dit qu'on soufflait enfin, au bureau. Je pensais te faire plaisir en te disant que je voulais zoner tout le week-end. Zéro réaction.

— Je te jure que, à partir de ce soir, tout sera réglé !

— Et tu vas te détendre un peu ?

— Euh...

— Tu crois que je ne me suis rendu compte de rien ? Je n'imaginais pas que tu puisses être aussi stressée que ça. Mais, bon, on va dire que je te fais encore une fois confiance, et je retrouverai celle que j'aime ce soir. En attendant, je vais appeler Julien pour savoir s'il veut aller courir, figure-toi que j'ai besoin de me défouler.

— Je m'occupe du dîner, soufflai-je d'une toute petite voix.

Sans un mot de plus, il partit téléphoner dans le jardin. Je restai les bras ballants, abasourdie par ses reproches. Je faisais mon maximum pour réussir notre soirée, et voilà que ça se retournait contre moi. N'ayant pas le temps de m'apitoyer sur mon sort, je filai.

Je devais être maudite ou attirer la poisse. Comment expliquer sinon que tout se liguait contre moi ? À moins de vouloir que nos invités repartent le plus tôt possible pour passer chez McDo se rassasier, il fallait bien que je leur offre quelque chose à manger. Étant définitivement incompétente en la matière, j'avais décidé de faire appel à des professionnels. J'enchaînai les kilomètres et les rencontres avec tous les traiteurs du coin à qui j'avais arraché un quart d'heure de leur temps. Je fus quasiment mise à la porte chaque fois puisque j'arrivais la bouche en cœur, prête à négocier les prix pour dans… une semaine. L'abattement n'était pas loin. Aussi, en arrivant au dernier rendez-vous, décidai-je de changer de tactique. Je fis miroiter à mon interlocuteur des quantités astronomiques de petits-fours, misant tout sur l'appât du gain, et ça semblait fonctionner. L'espoir et le soulagement me gagnaient. C'était trop beau. Tout s'écroula lorsqu'il sortit son planning de l'année prochaine… et me demanda quel week-end je visais pour ma « réception ». Je chuchotai un « Le week-end prochain » en regardant mes pieds.

— C'est une blague !

— Pas du tout !

— Vous êtes extraordinaire, vous ! On ne me l'avait jamais faite, celle-là ! Vous nous demandez un cocktail digne d'un mariage pour dans huit jours pour une simple crémaillère, alors que la saison bat son plein et que nos clients nous réservent entre six mois et un an à l'avance. Foutez le camp ! Vous m'avez fait perdre assez de temps comme ça !

Là-dessus, il tourna les talons en me faisant clairement comprendre que je devais débarrasser le plancher. Il était plus de 17 heures, je n'avais toujours pas de solution, je devais rentrer à la maison, faire croire à Éric que tout allait bien et rapporter le dîner. Quelle idée avais-je eue ce matin en lui proposant de m'en occuper ? Je passais mon temps à me tirer une balle dans le pied.

Une demi-heure plus tard, je me garais sur une place de livraison devant le traiteur libanais où nous avions nos habitudes. Éric adorait cette cuisine, j'espérais que, en lui servant ça, j'allais calmer sa rancœur. Tout en choisissant notre repas du soir, je fixais la nourriture exposée sous mon nez. Pourquoi n'y avais-je pas pensé plus tôt ? Bon, ça ne sortirait pas véritablement de l'ordinaire, mais ça lui plairait. Et tout le monde aurait quelque chose à grignoter. J'avais tout le reste pour me rattraper.

— Si je vous commande cinquante mezzes, trois kilos de taboulé, des feuilles de vigne par douzaine et de l'houmous par saladier, le tout pour dans huit jours, c'est faisable ? demandai-je au restaurateur au moment de payer.

— Bien sûr, passez l'avant-veille me dire exactement ce que vous voulez, et ce sera bon, me répondit-il, un grand sourire aux lèvres.

Je me retins de lui sauter au cou.

La soirée fut plus détendue que la matinée, et je pris bien garde de ne surtout pas parler de la crémaillère. Éric ne l'évoqua pas non plus de son côté.

Le lendemain, au réveil, il me proposa qu'on aille faire un tour à la jardinerie. Il avait deux-trois trucs à acheter pour le jardin. J'acceptais avec grand plaisir, et surtout une idée bien précise en tête. J'arrivai à le laisser au rayon bêches, râteaux et scies en tout genre. Je partis à l'exploration de la tente d'exposition de la déco d'extérieur. Depuis que le problème du dîner était réglé, j'étais à nouveau survoltée et j'avais repris confiance en moi. Mon Caddie se remplissait à vue d'œil, rien ne pouvait m'arrêter, encore moins lorsque je découvris une promo sur les flambeaux. Je vidai leur stock, sans oublier les lampions, sets et serviettes de table aux couleurs estivales ou encore les coussins d'extérieur.

— Sophia…

Je sursautai en entendant la voix d'Éric dans mon dos. La surprise certes avait rendu mes jambes flageolantes, mais le ton de sa voix – peu commode – y était pour beaucoup. Au ralenti, je me retournai vers lui. Il avait sa tête des mauvais jours.

— Ne me dis pas que tu achètes tout ça pour cette foutue soirée ?

— Bah… euh…

Il leva les yeux au ciel, exaspéré.

— OK, j'ai compris.

— Je me suis dit que le jardin serait plus joli avec des lumières.

Un sourire indulgent se dessina sur son visage. Il se transforma vite, et là, je perçus comme une tristesse.

— Où es-tu passée, Sophia… ?

Il avait murmuré cette question qui sonnait plus comme un constat. La peur me noua le ventre. Mais il se reprit très vite et m'empêcha de creuser davantage le fond de sa pensée.

— Je venais là pour acheter du désherbant, et on repart avec un Caddie plein de conneries qui ne serviront que quelques heures, et encore, s'il fait beau.

Évidemment, il ne savait pas que j'avais loué un barnum pour l'occasion…

— Allez, viens, on va aller payer tout ça.

La semaine fila à toute vitesse. J'étais pourtant complètement perdue. Je croyais depuis le début de cette idée de crémaillère faire ce qu'il attendait de moi : être en mesure d'organiser une grande soirée pour fêter notre emménagement et notre maison du bonheur. La maison du bonheur s'était plutôt transformée en maison du silence depuis notre passage à la jardinerie. Je restais concentrée sur mon objectif, il n'y avait plus que quelques jours à tenir, et il verrait que j'étais capable de faire quelque chose pour lui, pour nous. Chaque soir, il m'observait m'activer, certainement brasser de l'air aussi, et il ne disait rien. Quand je croisais son regard, je sentais qu'il se retenait, qu'il aurait eu envie de me dire des choses mais il ne se lançait pas. De mon côté, je n'arrivais pas plus à lui parler, et je ne savais plus quoi faire. Si je m'étais regardée dans un miroir, le constat aurait été clair ; j'aurais souhaité rembobiner le fil des dernières semaines et ne jamais avoir eu cette idée stupide de pendre la crémaillère. J'en avais ras le bol, et, finalement, ce que je préparais ne me plaisait qu'à moitié... On allait être chouettes, si on se faisait la tête ce jour-là. N'ayant aucune solution à portée de main pour arranger les choses, je faisais comme si tout allait bien, je souriais, je riais, je tentais de blaguer, mais Éric était fermé comme une huître.

J-1. Je pris mon après-midi du vendredi. Dernière ligne droite. Bientôt, tout ça serait derrière nous. Et j'espérais de tout mon cœur remporter mon pari et que tout revienne à la normale avec Éric. En attendant, j'avais du pain sur la planche. Le barnum devait être livré et monté. Les types chargés du travail insistèrent lourdement pour savoir si j'étais sûre de moi ; la météo devait se dégrader et, malgré ma précaution, si le temps virait comme prévu, la tente ne servirait à rien. Je ne leur laissai pas le choix. En traînant des pieds, ils s'y collèrent. Je les houspillai souvent pour qu'ils accélèrent la cadence. Afin qu'ils me filent un coup de main pour installer les tables, je leur offris une bière et leur glissai un petit billet supplémentaire. Dès qu'ils partirent, je me lançai dans la décoration du jardin, de la maison aussi, et je perdis totalement la notion du temps. Au point que je n'entendis pas Dimitri rentrer, encore moins Éric.

— Mais qu'est-ce que c'est que tout ça ? l'entendis-je dire.

Je me tournai, il ne vint pas vers moi, mais se mit à faire le tour du jardin, de la tente, puis repartit vers la terrasse, sans dire un mot.

— Éric ? Tu ne dis rien ? Ça ne te plaît pas ?

Il arbora un sourire dépité.

— Je ne reconnais pas notre maison, c'est que ça doit être réussi…

Il disparut. Que se passait-il ?

L'entente cordiale vola en éclats une heure plus tard. Nous étions à table avec Dimitri, Louise n'arrivant que le lendemain matin. Pour combler le silence et la distance entre Éric et moi, mon fils nous racontait avec volubilité sa journée au collège, il tentait de faire des blagues, nous cassait les oreilles avec les histoires de ses copains. J'aurais dû voir le coup venir. Pourtant, je connaissais mon ado, il m'avait endormie tranquillement mais sûrement.

— Au fait, maman, Bastien fait une soirée, j'ai vu avec papa, il peut venir me chercher et il me ramènera à la maison pour ne pas te déranger.

Dans ma vision périphérique, je remarquai qu'Éric avait haussé les sourcils, intrigué. Je ne m'en préoccupai pas plus que ça et regardai mon fils droit dans les yeux, j'emprisonnai son regard, hors de question qu'il m'échappe.

— C'est quand ?

Pour masquer sa gêne, il se gratta le cuir chevelu.

— Euh... bah, en fait... c'est samedi.

— Dans quinze jours, donc ?

— Non... demain.

Raide comme la justice, je commençai à débarrasser.

— Tu vas devoir lui dire qu'il se passera de toi, lui dis-je d'un ton que j'espérais calme.

— Maman !

— Dimi, ne fais pas semblant de ne pas être au courant.

Il leva les yeux au ciel avec insolence.

— Notre crémaillère est demain, et c'est important que vous soyez là avec Louise.

— Ça la fait chier, elle aussi ! On n'a rien à faire là, c'est vos potes, pas les nôtres ! On va s'emmerder. Et d'ailleurs, Louise, elle peut venir avec moi, si elle veut. Je vais l'appeler pour le lui proposer !

Il quitta la table, furieux.

— Dimi, notre conversation est loin d'être finie. Je ne te laisse pas le choix, tu ne sors pas demain. Un point, c'est tout !

Plutôt que de me répondre, mon fils s'adressa à Éric :

— Dis quelque chose, s'il te plaît.

Celui-ci se dirigea vers Dimi et lui demanda gentiment de monter dans sa chambre en lui lançant un regard encourageant. Mon fils monta lourdement les marches de l'escalier pour bien me faire sentir sa mauvaise humeur. Ça y était, je venais de me transformer en mère indigne ! Éric, de son côté, se servit un verre de vin, en avala une gorgée et resta silencieux. Son mutisme depuis plus d'une semaine me fit sortir de mes gonds.

— Tu ne vas quand même pas autoriser Dimi et Louise à aller à cette fête ? Tu te moques de moi ?

Il but encore un peu.

— Et puis, merde, regarde-moi, dis quelque chose à la fin !

Il soupira profondément, comme s'il cherchait à canaliser ses nerfs, pourtant son dos était raide, ses épaules tendues.

— Je suis d'accord pour qu'il y aille et qu'il emmène ma fille. Après, Dimitri est ton fils... ce n'est pas à moi de dire ce qu'il peut faire ou non.

Il ne me laissa pas le temps de lui répondre.

— Sophia, il n'en peut plus, moi non plus, d'ailleurs ! Je suis à deux doigts de déserter les lieux, comme lui ! Je te l'ai déjà dit, mais c'est comme si je pissais dans un violon. Depuis qu'on a décidé de pendre la crémaillère, tu es devenue ingérable, inaccessible ! Tu ne parles que de ça, tu ne penses qu'à ça, tu mets la pression à tout le monde. À cause de toi et de ta foutue soirée, Julien et Pauline se sont engueulés et ont annulé leur week-end. Je ne reconnais plus notre maison, on n'est plus chez nous, là, et je ne reconnais plus ma... Je ne te reconnais plus... Depuis quand tu veux en mettre plein la vue aux autres ? J'ai divorcé d'une chieuse superficielle, ce n'est pas pour vivre avec son clone. De toute manière, depuis le déménagement, je ne te suis plus...

— Éric...

Ma voix se brisa, je portai la main à ma bouche pour étouffer un sanglot. Évidemment, nous nous étions déjà disputés, mais jamais de cette façon, jamais il n'avait eu de mots si durs vis-à-vis de moi. Malgré sa colère, je voyais bien à quel point il était triste. Moi, j'étais dévastée, incapable d'aligner deux mots cohérents. Il soupira de lassitude et passa une main sur son visage comme pour reprendre ses esprits.

— Sophia, je suis navré, je n'aurais pas dû te dire tout ça, mais... je ne comprends pas ce qui t'arrive...

— On a des choses à se pardonner, j'ai l'impression... Je suis fatiguée, je vais me coucher.

Je m'enfuis dans notre chambre, j'enfilai un pyjama et je m'enroulai dans la couette pour pleurer. La fatigue, le chagrin et l'incompréhension eurent raison de moi, je finis par sombrer. Je sentis vaguement la présence d'Éric à l'autre bout du lit.

Jour J.

L'ambiance du petit déjeuner était sinistre. Dimi ne pipait pas mot et faisait profil bas. Il avait forcément entendu notre dispute de la veille. Certes, il avait mis le feu aux poudres, mais le malaise couvait depuis des jours et des jours. Éric avait des poches sous les yeux, son visage était fermé. Quant à moi, je luttais contre les larmes, partagée entre la colère contre l'homme que j'aimais éperdument, l'épuisement, l'envie de tout plaquer et la culpabilité, puisqu'il semblait que j'étais responsable de cette situation. Dès que le repas fut terminé, mon fils alla se planquer dans sa chambre, j'imaginais avec sa console entre les mains. Éric partit chercher sa fille à la gare avec une avance qui ne signifiait qu'une chose, il me fuyait. De mon côté, je filai chez le traiteur libanais récupérer ma commande. Il me souhaita une bonne soirée. Je lui répondis d'un sourire triste.

J'étais assise dans un fauteuil de la terrasse quand ils rentrèrent à la maison. Je n'avais plus rien à faire, tout était presque prêt. J'entendis Dimi venir dire bonjour à Louise qui se mit à ma recherche.

— Salut, Sophia ! me dit-elle, la voix enjouée.

— Coucou Louise, tu vas bien ?

— Waouh ! C'est superbe, ce que tu as fait !

Elle applaudit d'excitation, et sa réaction me fit chaud au cœur. Même si nos rapports s'étaient grandement améliorés, il nous restait du chemin à parcourir. Alors, que mon travail lui plaise ne pouvait que me toucher. Elle se tourna vers son père, resté au seuil de la baie vitrée.

— Pourquoi tu ne m'as rien dit, papa ?

Il haussa les épaules et disparut à l'intérieur. Louise fronça les sourcils, suspicieuse, puis elle vint s'asseoir à côté de moi.

— Alors, il va y avoir du monde ? Raconte-moi tout !

Durant quelques minutes, je lui expliquai ce que j'avais préparé ces derniers jours, ces dernières semaines.

— J'ai hâte d'être à ce soir ! Il faut que je te montre ce que j'ai prévu de mettre ! À moins que tu n'en aies pas envie…

— Bien sûr, que j'en ai envie, Louise. Ça me fait même très plaisir, mais… tu vas peut-être aller à une fête chez un copain de Dimi.

Je ne réussis pas à masquer ma tristesse.

— Bah, non, je veux être là, moi. Dimitri ne t'a pas dit que je ne voulais pas y aller ? Je veux être avec papa et toi... Et puis, quand je vois tout le boulot que tu as fait, j'vais pas te planter !

— Tu es mignonne, mais je crois bien que j'ai fatigué tout le monde avec cette crémaillère. Je voulais faire les choses en grand pour faire plaisir à ton père... mais j'ai dû me tromper...

Elle se renfrogna.

— Qu'est-ce qu'il a fait ?

— Rien, ton père n'a rien fait. Je n'aurais même pas dû dire ça. C'est entre lui et moi, ça ne te concerne pas.

— Vous vous êtes engueulés...

— Je ne dirai plus rien, lui dis-je sourire aux lèvres.

— Ouais...

Elle soupira, et son regard se perdit au loin quelques instants.

— Je t'aime bien, Sophia. Tu fais rire mon père, et c'est cool.

L'émotion me noua la gorge et n'était pas loin de me faire monter les larmes aux yeux.

— Ça va s'arranger ? me demanda-t-elle, visiblement inquiète.

— Mais oui ! Ne t'en fais pas.

— Bon, j'imagine que si je te dis que je vais aller l'engueuler, tu m'en empêcheras. Tu m'autorises à me défouler sur Dimitri ?

Je ris, et ça me fit du bien. Louise sauta sur ses pieds et entra dans la maison en hurlant après mon fils. Il allait passer un sale quart d'heure.

Un peu plus tard dans l'après-midi, alors que je venais de finir d'installer la vaisselle, les flûtes, les dernières bougies, je dus me rendre à l'évidence. Le temps changeait. Il devenait aussi orageux que l'atmosphère entre Éric et moi. Le tonnerre gronda au loin une première fois, une deuxième, puis une troisième. Le ciel fut déchiré par un éclair surpuissant. Les gouttes de pluie ne tardèrent pas à tomber, lourdes, tout allait être trempé. L'averse s'intensifia, c'était parti pour durer. Tout était fichu. À moi de limiter les dégâts. Je m'élançai sous la pluie battante. L'eau commençait déjà à s'infiltrer par les côtés de la tente. Arrivée devant le buffet, je ne sus pas par où commencer.

— On va t'aider, maman.

Je me retournai pour me retrouver face à mon fils, épaules tombantes et air contrit. Derrière lui, Louise le trucidait du regard. Et je vis mon Éric arriver avec des caisses.

— Ça va aller plus vite avec.

— Merci, murmurai-je.

Ils furent tous les trois d'une efficacité redoutable. Quand tout ce qui pouvait l'être fut mis à l'abri dans la maison, ils rentrèrent, mais moi je restai dehors sur la terrasse à contempler le désastre. J'étais trempée, je ne sentais même plus le froid. Brusquement, les bras d'Éric se refermèrent autour de moi.

— Viens au chaud, Sophia, chuchota-t-il.

— Tout est gâché.

— La soirée sera gâchée si tu es au lit avec de la fièvre.

— Je suis nulle, je n'arrive à rien.

Mes nerfs lâchèrent, je me mis à sangloter, mon corps tremblait. D'autorité, Éric m'entraîna à l'intérieur. J'étais incapable de m'arrêter.

— Louise et Dimitri, montez dans vos chambres immédiatement ! leur ordonna-t-il sèchement.

— Qu'est-ce qu'elle a, maman ? s'inquiéta mon fils.

— Elle est fatiguée, lui répondit-il avant de poursuivre pour lui-même. Et je suis un con fini.

— Viens, insista Louise, que j'imaginais tirer sur le bras de Dimi.

Éric ne me lâchait pas, bien au contraire, il me serra plus fort contre lui.

— Pardonne-moi, Sophia. Pour tout ce que je t'ai dit, hier soir. Je ne le pensais pas. J'ai perdu les pédales, j'ai l'impression que tu me caches des choses depuis qu'on vit ici. Je ne veux pas te perdre. À part les horreurs que je t'ai balancées, dis-moi ce que j'ai fait de mal.

Je relevai les yeux vers lui, il était sincère et rongé par l'inquiétude.

— Tu n'as rien fait de mal. C'est moi qui suis nulle...

— Pourquoi tu n'arrêtes pas de dire ça ?

— Je n'arrive même pas à organiser une simple crémaillère. Je ne sais rien faire. Tu vas en avoir marre de moi, à la fin.

— Qu'est-ce que tu racontes ?

— Tu fais tout bien, tu gères tout, tu organises tout, et moi...

— C'est mon pire défaut. Tu sais bien que je donnerais n'importe quoi pour être plus spontané et moins coincé ! Que cherchais-tu, avec cette fête ?

Honteuse, je baissai le visage. Il le releva vers lui.

— Parle-moi, s'il te plaît.

— Ce n'est pas aux autres que je voulais en mettre plein les yeux, mais à toi. Je voulais que tu sois fier de moi et te prouver que je pouvais faire une grande soirée chez nous, toute seule, sans demander ton aide.

— Sophia, Sophia, ma Sophia… Moi, ce dont je rêvais, c'était d'une fête à la Sophia. Simple, conviviale, sans prise de tête, où on aurait fini par pousser les meubles pour danser au milieu du salon avec une bière à la main.

— Tu as gagné, c'est ce qu'on va avoir…

— C'est comme ça que je t'aime.

Deux heures plus tard, nous étions tous douchés, réchauffés. J'avais remisé dans ma penderie la robe cocktail que je m'étais achetée, alors que je détestais les robes. À la place, j'avais enfilé un jean, un top en dentelle et des escarpins. Je retrouvai Éric dans le milieu de l'escalier, il venait voir où j'en étais.

— Tu es belle…

— Merci, soufflai-je.

On s'embrassa comme on ne s'était plus embrassés depuis trois semaines. La sonnette nous interrompit. Les premiers invités…

Véronique OVALDÉ

Je suis longtemps restée
une clématite

Elle n'aimait pas tellement son prénom.

Qui aurait envie de s'appeler Perpetua ? Surtout quand on porte Le Falher pour nom de famille.

Perpetua Le Falher. Ça ne sonne pas. C'est incongru. C'est moche. On dirait un canevas de berger allemand accroché dans la maison de Buck Rogers. Les élèves – elle ne pouvait pas dire « mes camarades », ou « mes potes », ou je ne sais quoi du même acabit : Perpetua n'avait pas à proprement parler de camarades (puisque l'impératif premier aurait été un minimum de camaraderie) ni de potes (ce mot englobait pour elle une forme de décontraction taquine dont sa vie sociale était exempte) –, les élèves, donc, se moquaient d'elle au collège à cause de ce nom bizarre.

Perpetua Le Falher.

À-perpète-le-phallus-à-l'air.

Ce n'était pas brillant brillant.

C'était surtout humiliant.

« T'es un mec, Perpète, tu nous avais caché ça ? »

Elle ne pouvait en parler à personne (de la difficulté de porter un nom pareil) – elle savait que, si elle évoquait la chose devant son père, il la regarderait comme si elle le faisait atrocement souffrir – « Toi aussi, ma fille ? » –, comme si elle distillait de petites gouttes d'acide directement sur son cœur mis à nu, au mieux il quitterait la pièce en brisant un objet manufacturé remplaçable, au pire il foutrait un coup de poing au travers de la fenêtre de la cuisine, ses articulations saigneraient, il gueulerait, elle irait chercher la trousse premiers secours, elle ôterait de sa chair tous les petits morceaux de verre avec la pince à épiler, il lui caresserait les cheveux de la main non accidentée tout le temps où elle serait penchée sur sa blessure, elle le panserait, il lui dirait « Tu vois, mon amour perpétuel, tu vois ce que tu me fais faire ? »

Parce que c'était son père qui l'avait nommée ainsi.

« Tu es ma princesse, ma licorne, ma girafe, ma mésange, tu es ma lumière éternelle. »

Comment raconter à d'hypothétiques camarades ce qui se passait dans la petite maison de pierre le long de la départementale.

Comment leur dire combien son père pouvait être bon et exclusif et bon.

Comment leur expliquer le plaisir de regarder avec lui de vieilles comédies musicales en VHS ou des épisodes de *La Quatrième Dimension* ou de *Alfred Hitchcock présente*, tous deux vautrés sur le canapé en velours râpé kaki du salon, en grigno-tant des tomates cerises (ou des tomates naines) qu'ils avaient réussi à faire pousser dans le jardin – et entendre son père se délecter (à cause des tomates naines et des histoires en noir et blanc), mais aussi éructer par intermittence « Ah, tu vois, tout ça, c'était avant que cette putain de planète parte complètement à vau-l'eau »

Comment leur décrire la petite maison de pierre qu'elle occupe avec son père, ses deux pièces – elle dispose pour elle seule d'une chambre avec une fenêtre à barreaux (afin que ni les bêtes sauvages ni les Yéniches ne puissent se faufiler à l'intérieur de sa chambre, soit petit *a* pour la dévorer, soit petit *b* pour la capturer et l'emporter dans leur repaire, là où ils lui feraient boire un quelconque philtre d'oubli afin de la transformer en esclave domestique et/ou sexuelle (le petit *b* ne concernant bien entendu que les Yéniches, difficile d'imaginer un lynx ou un vieil ours s'adonner au genre de turpitude induit dans le petit *b*), comment leur décrire son lit recouvert de toile bise et de peaux de mouton, les peintures que son père a faites sur les murs afin que toujours elle soit protégée des cauchemars (des peintures représentant des animaux inoffensifs (le tout assez maladroitement exécuté, précisons-le) : des écureuils, des corneilles, des couleuvres, des coccinelles, des biches, etc., tous à des échelles impossibles, la coccinelle étant deux fois plus grande que la biche par exemple)), comment leur décrire l'autre pièce, celle qu'ils appellent le salon ou la cuisine, son évier en pierre qui évoque à Perpetua ceux que l'on trouvait dans les châteaux au XVIe siècle (elle en avait vu un dans un téléfilm avec une actrice qui jouait la bonniche et s'escrimait à faire semblant de laver du linge), son canapé sur lequel dort le père quand il ne préfère pas dormir dehors à la belle étoile dans le fauteuil en osier, son tapis de sisal qui fait un peu mal aux pieds mais qui sent agréablement la poussière, qui sent la maison, qui sent le refuge.

Comment leur rapporter qu'elle aime dénicher avec lui des escargots le long des sentiers forestiers, et les trimballer dans la bourriche, bavants, mousseux, un peu répugnants, et aussi comment mettre en mots le plaisir qu'elle a à attraper des grenouilles dans les marais avec sa canne en bambou, un trident, une minuscule boule de laine rouge, et le mouvement sec du poignet indispensable pour relever la gaule à temps.

Comment leur dire combien il est doux d'écouter son père l'hiver, tous deux pelotonnés devant la cheminée tandis qu'il lui lit Ernst Jünger (*Traité du rebelle ou le Recours aux forêts*) (elle n'y comprend rien, mais c'est comme un poème, c'est comme une chanson en anglais quand on ne comprend pas l'anglais – la magie est là malgré tout).

Comment leur raconter qu'il est si étrangement récréatif d'entendre soudain un fracas terrible provenir de la départementale, avec son père qui crie « ACCIDENT », depuis n'importe quel endroit de la maison où il bricole, il crie « ACCIDENT » avec jubilation, comme on crierait « FEU D'ARTIFICE », vite vite vite, « COMÈTE DE HALLEY », urgence absolue, et que ça veut dire « Sors la glacière, darling, et les chaises de camping », et installons-nous sur le talus, regardons ces crétins tenter de se sauver les uns les autres, assistons au ballet des pompiers, du Samu, de la dépanneuse, regardons les corps sur les civières, ou encore mieux figurons-les-nous dans leur housse noire, contemplons la pathétique bataille que chacun de nous mène contre sa nature périssable. Et repasse-moi les cacahuètes.

Comment expliquer combien sa voix était douce et persuasive quand il lui expliquait que tout allait finir par tourner vinaigre.

Comment leur dire combien il est divertissant de jouer au 421 avec lui sous la lampe à huile (toutes les fois où on leur a coupé l'électricité). Combien il est enivrant de l'entendre évoquer la mère de Perpetua les soirs d'été, dehors, dans le jardin (« Ah, c'est toi qu'habites dans le jardin gitan, lui avait dit un gamin de sa classe quand elle était en CM1, c'est toi qu'habites dans le jardin de ferrailleurs ? »), tous deux devant le brasero éteint (Perpetua est responsable du brasero et de l'incinérateur derrière la maison), lui, assis sur un rondin, avec des bouteilles d'eau coincées entre des pains de glace dans un seau en plastique bleu à ses pieds, c'est sa glacière du soir, des bouteilles d'eau qu'il vide avec régularité, les pains de glace fondent, les bouteilles d'eau flottent de plus en plus à la surface du seau (« Je ne suis pas un alcoolo comme tous ces connards, moi je bois que d'l'eau »), et elle qui dit « Raconte-moi Gustavia », elle ne dit pas « Parle-moi de maman », elle dit « Raconte-moi Gustavia », peut-être parce qu'il est rassurant que feu cette femme extraordinaire portât un prénom aussi importable que le sien.

Et le père racontait Gustavia, la rencontre, quand elle était sortie du lac où il pêchait, on aurait dit un animal aquatique, une otarie, ou quelque chose comme ça, ses cheveux noirs plaqués sur son crâne, et la forme déliée et presque inhumaine de son corps. C'est ce qu'il disait. C'était comme une apparition. Gustavia Van Ginkle (« un nom qui carillonne », disait son père – parfois, Perpetua, dans un micro-accès d'irrespect, pensait « un nom qui gicle et qui éclabousse ») lui était apparue alors qu'il n'avait que vingt ans. Il n'avait jamais su avec précision quel âge elle avait (est-ce vraiment important ?), il racontait qu'il avait lu une date fantaisiste sur son certificat de décès, comme si elle avait eu déjà cinquante-deux ans quand il l'avait rencontrée, mais n'allez pas lui faire croire ça, il n'avait pas beaucoup d'expérience concernant ses contemporains, mais il pouvait tout de même à peu près évaluer l'âge d'une femme, tout comme celle d'un arbre ou d'un lièvre.

« Tu es ma princesse, mon axolotl, mon pinson, ma loutre, tu es ma lumière éternelle. »

Et si elle avait eu cinquante-deux ans quand ils s'étaient rencontrés, aurait-elle pu vraiment accoucher un an plus tard d'une aussi parfaite créature que Perpetua ?

Gustavia était tombée malade peu de temps après la naissance de leur fille, et ils avaient commencé à traiter la chose avec des applications de chou bouilli sur son si joli ventre, et du foie de génisse sur ses si jolis seins, et aussi de l'argile en cataplasme, des infusions de thé vert, de curcuma, de ginseng, de ginkgo biloba, de graines de lin et de feuilles d'if… Mais elle avait fini par ne plus rien pouvoir avaler et par ne réussir à ne garder la même station, assise, allongée ou verticale, qu'une minute trente d'affilée, alors ils avaient bien été obligés de se rendre à l'hôpital Pasteur et, là, on avait regardé son père comme si vraiment tout cela n'était pas sérieux, et Gustavia avait été hospitalisée dans l'instant et elle était morte six jours plus tard. À l'hôpital.

Il pleurait en racontant la mort de Gustavia Van Ginkle. Et il tremblait de rage. Perpetua avait besoin de cette histoire mais elle ne la réclamait que lorsqu'ils étaient ensemble, le soir, dans le jardin, parce qu'ainsi il ne pouvait rien casser, il ne faisait que trembler de rage, menacer le monde entier, ricaner, et dire qu'on ne l'y reprendrait plus et que ces connards de médecins avaient bien de la chance qu'il n'aille pas les étriper un à un.

Perpetua Le Falher avait douze ans.

Elle ne se sentait pas malheureuse la plus grande majorité du temps. Tant qu'elle n'était pas au collège. Là-bas, c'était un peu plus délicat. Elle était bonne élève, studieuse, concentrée, elle connaissait des choses que les autres ne connaissaient pas, ce qui impressionnait ses professeurs et faisait rouler des yeux les gamins de sa classe. Sa concentration était un moyen de défense, je ne vous fais pas un dessin. Plus elle était concentrée, moins la dangerosité du monde la touchait. La dangerosité, c'était : moquerie, persiflage, boule de papier lancée sur sa tête, gloussement permanent quand elle passait dans les couloirs, commérages divers (« Tu sais que le père de Le-phallus-à-l'air la force à baiser avec des sangliers ? », « J'ai entendu la prof de SVT dire à Mme Cornu que la mère de Perpète était une brebis ») et autres réjouissances de cet âge délicieux pas encore tout à fait sorti des légendes cruelles de l'enfance, mais à deux pas de sauter, terrifié et exalté, dans les mystères sexuels de l'âge adulte.

Elle avait bien essayé de s'en mettre quelques-uns dans la poche (des crétins terrifiés et exaltés) en les laissant copier sur elle pendant les contrôles, ou en écrivant leur rédaction à leur place (« Proposez un conte fantastique à la manière de Maupassant », ou même, *théoriquement* plus inoffensif, « Racontez votre plus beau souvenir de vacances »), mais cette tentative s'était soldée par un fiasco retentissant. On la regardait comme un être pathétique qui avait tenté de monnayer son amitié.

Heureusement, dans la petite maison près de la départementale, les choses s'ordonnaient selon un chaos acceptable (le père de Perpetua avait, dirons-nous, des sautes d'humeur – une remarque de Perpetua pouvait paraître à son père totalement anodine le lundi et inadmissible le mardi), mais il y régnait une forme de confort, de sauvegarde et d'amour que jamais elle n'avait croisé ailleurs. Il ne s'agissait pas d'un angoissant désordre mais d'une pluralité d'effets selon un nombre restreint de causes.

Perpetua avait douze ans.

Elle eut douze ans pendant quelques années.

Et puis brutalement elle eut seize ans.

Et la situation se corsa.

Parce que son père était toujours le même – on pourrait même considérer qu'il s'était un peu plus recroquevillé encore sur ses convictions. La peur et la méfiance ne sont pas des petites dames discrètes qui s'effacent pour laisser la place à une relation pacifiée avec les gens et les choses. Ce genre de posture a tendance à se durcir avec les années. En outre, le monde ne faisait que donner trop souvent raison au père de Perpetua puisqu'il avait ajusté sa lorgnette afin de ne voir que l'épouvante, l'avidité, les évasions fiscales, la disparition du pangolin et la montée des eaux.

On était en juin. L'année de 2de avait été comme toutes les années qui l'avaient précédée. Il y avait le lycée, papa, et le reste du monde. Sauf que, brutalement, cela ne convint plus à Perpetua. On s'habitue pourtant au confort des murs, n'est-ce pas. Mais un matin, certains d'entre nous se réveillent et se disent au saut du lit « Ça suffit, je n'en peux plus », ou bien un événement va survenir et leur permettre d'ouvrir les yeux, un événement extérieur, quelque chose d'anodin ou de fracassant, quelque chose qu'on attendait sans doute, quelque chose qui se faisait attendre, on ne bougerait pas d'un pouce tant que cet événement ne surviendrait pas, on patienterait dans notre cercueil de verre, on patienterait depuis si longtemps qu'on aurait oublié qu'on patientait et puis quelque chose bouleverserait l'équilibre spécifique dans lequel on vivait, grandissait, mûrissait, ficelé au tuteur comme une clématite.

On était en juin, la fin de l'année approchait, on faisait des vœux, puissé-je aller en 1re S, puissé-je cet été jeter mon pucelage aux orties, puissé-je m'amuser un peu, puissé-je avoir une chouette vie.

Les élèves du lycée Jean-Édouard-Schprountz ne faisaient pas exception à la règle. Ils n'avaient jamais parlé à cette drôle de fille, attifée n'importe comment, la fille solitaire, l'autiste de la départementale, mais ils lui avaient plutôt foutu la paix pendant l'année, sauf que là les digues lâchaient, et il y a eu ces trois filles qu'on voyait toujours en bande comme une sorte d'hydre à trois têtes, on les appelait « les Trois Grâces », c'était mi-ironique mi-charmé, parce que c'était assez attirant de les voir aller toujours de concert, elles étaient jolies, frémissantes, un peu tapageuses, et les Trois Grâces se sont dit « Et si on l'invitait », mais ce n'était pas une véritable invitation, c'était quelque chose d'un peu plus tordu que ça, c'était pour bien se montrer à elles-mêmes combien elles étaient libres, c'était, je crois, pour se moquer, c'était pour l'entendre marmonner qu'elle ne pouvait pas, qu'il lui fallait rentrer dans sa maison cadenassée de la départementale, parce que ça se remarque, une élève qui jamais ne sort avec les autres et qui rentre le plus vite possible au bercail, une élève de seize ans que son père accompagne encore au lycée et vient souvent chercher.

L'une d'entre elles, Agathe, la moins visiblement pouffe donc la plus immédiatement inoffensive, lui a dit en sortant du cours de SVT « Au fait, Perpetua, on organise une fête pour la fin de l'année chez Emma, tu viens ? », elle avait prononcé ces mots avec un sourire engageant.

AVEC UN SOURIRE ENGAGEANT.

Rappelez-moi comment on s'y prend quand une fille qui s'appelle Agathe vous propose de venir à une fête, alors que vous n'êtes jamais allée à une fête de votre vie, comment on s'y prend quand cette fille au prénom si-commun-si-parfait (et que la seule boutade prénominative qu'elle a dû affronter est Agathe-you-baby) vous propose de faire partie de la tribu (même à la périphérie, c'est toujours en faire partie, n'est-ce pas), parce que Agathe, vous avez toujours deviné qu'elle était un peu différente des autres Grâces (Emma et Lou), alors vous y croyez à cette proposition, vous voulez tellement y croire, vous vous dites, c'est elle qui m'invite en son nom, a-t-elle le droit de m'inviter en son nom ?, alors vous répondez/demandez « Les autres sont d'accord ? » et Agathe fait un petit geste de la main droite par-dessus son épaule, un petit geste désinvolte (oh, vous aimeriez tellement apprendre la désinvolture), un petit geste qui dit « Peu importe », qui dit « Évidemment », qui dit « Ne refuse pas cette merveilleuse invitation sinon elles se moqueront de toi », alors vous prononcez un peu trop fort « Je viendrai », même si vous n'avez aucune idée de la manière dont vous allez pouvoir négocier ce genre d'affaire avec qui on sait, mais que vous sentez quelque chose frémir en votre sein, et vous voyez Agathe fléchir et sourire presque imperceptiblement, et il se passe une micro-seconde où vous supputez un piège, mais vous vous reprenez, « Arrête d'être aussi paranoïaque que ton père », et vous répétez « Je viendrai », si fort que ça résonne bizarrement dans le couloir carrelé du troisième étage, alors Agathe dit « Super », et elle fait demi-tour, elle s'éloigne dans le couloir, rebondissant sur les dalles beigeasses avec ses baskets ultralégères à semelle injectée de microparticules d'oxygène, elle porte un hoodie noir écussonné Santa Monica qui sous-entend qu'elle est passée à Santa Monica il y a peu, ou qu'elle connaît quelqu'un d'assez près pour qu'il lui rapporte ce genre de merde de l'un de ses voyages, elle est fascinante et si pleine d'aisance.

Perpetua est bouleversée.

(Et moi aussi parce que, me dis-je, ne suis-je donc pas censée écrire un texte sur la fête pour les Restos, et c'est du sérieux, c'est du costaud, ne te loupe pas Ovaldé, et je me rends compte que je suis en train d'écrire un texte sur l'absence de fête, je me désole, mais c'est ainsi.)

Alors (c'est si lourd à porter, cette proposition, qu'elle voudrait enfourner son fardeau dans l'inci-nérateur derrière la maison, et déposer dessus des feuilles et des fanes), deux soirs plus tard, elle en parle à son père.

Voici comment elle s'y prend :

Il est 21 heures, il fait encore jour, son père est en train de préparer le barbecue – il ne supporte pas les systèmes horizontaux, il dit qu'on ne mange que du carbone avec ces saloperies, il a donc installé dans la cour un réservoir en tôle dans lequel il fourre des aiguilles de pin et du papier journal, avec une grille verticale et une épée sur laquelle il embroche tout un tas de bestioles. Ce soir, ce sera un lapin. C'est Perpetua qui doit surveiller la cuisson, ça fait partie de ses attributions depuis qu'elle est toute petite. Elle tourne la broche. Elle s'ennuie. Elle oublie. Elle se fait engueuler ; elle a l'habitude. Surtout que ce soir elle est moins concentrée que d'ordinaire parce qu'elle imagine la fête prochaine chez Emma. Elle sait à quoi ressemble la maison d'Emma. Un jour, celle-ci est venue au lycée avec un magazine de décoration, il y avait un dossier sur sa maison, rénovation élégante et belle beauté. Perpetua était allée feuilleter le magazine à la bibliothèque. Personne ne le lui avait montré au lycée. Alors elle sait qu'Emma vit dans une maison ancienne à colombages, ossature en bois et pignon, sol en grès cérame à motif géométrique et Velux d'une discrétion absolue et d'un confort thermique, n'en parlons pas, la cuisine est inox et quartz, le parc est domestiqué avec tact (les deux autres Grâces vivent dans des pavillons recouverts de crépi crème agrémentés de colonnes doriques dans le jardin et peut-être de un ou deux nains de jardin ; Emma est vraiment quelques degrés au-dessus de cela). Tous les élèves de 2de sont invités – ou du moins ceux qui sont invitables. Pas les geeks à catogan et précalvitie. Ni les laiderons qui donnent envie de foutre le feu à nos cheveux.

Perpetua veut aller à cette fête.

Son père est calme ce soir.

Alors elle dit, assise sur son pliant, à côté du lapin mort qui cuit lentement :

« Il y a une fête bientôt pour la fin d'année. » Elle ajoute « Au lycée ». Elle pense que cette mention officielle va influencer son père. Il est en train de scier du bois (c'est un homme qui scie du bois quelle que soit la saison, on est en juin, eh bien ça nous fera des rondins pour l'hiver), il ne s'interrompt pas, il fait comme s'il n'avait pas entendu, c'est une technique classique, il la force à répéter ce qu'elle vient de dire.

« Il y a une fête bientôt », répète-t-elle plus fort.

Toujours pas de réaction. Il scie.

Puis, quand la bûche est sciée, il pose le pied dessus, s'éponge le front et dit « Et alors ? »

Il ne l'aidera pas.

« Toute ma classe y va. »

Ce n'est pas la bonne réponse, d'abord c'est faux, et puis ce qu'elle devrait dire c'est « J'aimerais bien y aller », mais elle n'y arrive pas, elle n'est pas prête.

« Vraiment ?

Oui.

C'est dans le lycée ?

Oui.

Avec les profs et tout ça ?

Avec les profs et tout ça.

Et les parents ?

Non. Pas les parents.

Et pourquoi ? »

Elle nage en pleine mer. Elle a dit trop de mensonges. Autant continuer.

« Je ne sais pas. C'est comme ça chaque année. »

Il la regarde droit dans les yeux :

« Me prends pas pour un Américain. »

Mais il a l'air triste. Il n'est pas en colère.

Il regarde le ciel, les martinets hurlent en équilibre sur les courants d'air chaud, il y a même Sophie la chauve-souris qui fait des allers-retours entre la maison et les arbres. Il baisse les yeux.

« Tu as grandi », dit-il. Il semble stupéfait. Et ému. Il s'assoit sur le chevalet ou plutôt il s'affale dessus. Il y a de la sciure partout à ses pieds et des bûches mal coupées.

Alors elle dit :

« Laisse tomber. » Parce que tout à coup elle comprend qu'elle n'aurait rien à faire dans la maison d'Emma si pleine de belle beauté et de granit et de bois précieux et d'écrans plats à tenter de boire avec la négligence idoine des vodkas-orange en restant adossée au mur pour regarder des adolescents surexcités mimer ce qu'ils pensent être l'adolescence.

Mais son père lui dit :

« Vas-y, il faut que tu y ailles. Je ne peux pas te garder ici pour toujours. »

Elle secoue la tête.

« Non, je ne vais pas y aller. »

Elle s'approche de lui, elle se penche vers lui, le lapin va cramer, mais ils s'en foutent tous les deux, il est en train de se passer quelque chose de fondamental, il est en train de voir que sa fille ne peut pas continuer à rester dans la bicoque près de la départementale, à manger du ragondin en écoutant les prophéties de son père. Elle s'accroupit devant lui, il pleure, je crois bien qu'il pleure, mais ce n'est pas un chantage, je suis sûre que ce n'est pas un chantage, il est démuni, il est malheureux, il abandonne, parfois le réel vous tombe sur la gueule brutalement, parfois c'est lent mais là c'est arrivé ce soir de juin, vlan, arrête de considérer ta fille comme une extension de toi-même, arrête de la considérer comme un organe surnuméraire et vulnérable.

Bon.

Elle n'y est pas allée. À cette fête de merde dans la maison du bonheur. Mais tout a changé à partir de là.

Le lendemain matin, c'était un vendredi, je m'en souviens encore, il a dit en passant derrière elle, alors qu'elle faisait bouillir de l'eau pour leurs infusions d'écorce de lapacho, et qu'elle surveillait l'eau qui bout, parce que c'est merveilleusement relaxant d'observer debout devant la cuisinière l'eau qui va se mettre à bouillir, il a dit « N'oublie pas, ma belle, que ton deuxième prénom est Rose, celui de ta grand-mère. »

Il a fait une pause et il a ajouté « Je dis ça si jamais Perpetua te semblait un peu trop lourd à porter. »

Romain Puértolas

Les Cochons de Karl Lagerfeld

> « Je suis très doué pour la fête. »
>
> Arto Paasilinna,
> *La Forêt des renards pendus*

Jay Gatsby est mort et enterré. Faites place au nouveau roi de la fête : Marcel Boudin ! Un slogan : « La fête, on l'a faite, on la défait », service tout inclus. On vous met le ouaï à la maison, on vous fournit des invités merveilleux et cultivés, au moins autant que Yann Moix, on s'occupe du traiteur, on anime, DJ ou orchestre, et puis, une fois tout le monde reparti, on nettoie et on range, et en deux heures rien n'y paraît plus. Seul subsiste, dans l'esprit de vos quelques vrais invités que vous souhaitiez impressionner, le souvenir d'une soirée comme ils n'en ont pas, ou peu, connu dans leur petite vie insipide.

C'est au cours d'une de ces soirées arrangées que j'ai rencontré Sophie Duverre (un nom prédestiné pour une professionnelle de la fête). J'étais l'amphitryon, elle était une invitée louée de Marcel Boudin Ltd. Je cherchais à m'attirer les faveurs d'un investisseur pour mon nouveau projet, la création d'une marque de prêt-à-porter pour cochons. Oui, vous avez bien lu. Oh, pas des vêtements pour sadomasos en latex et ce genre de trucs, non, une marque de haute couture pour des vrais cochons, avec groin et queue en tire-bouchon. J'avais remarqué, depuis l'affaire de George Clooney et Max, son porc vietnamien, la prolifération des suidés élevés au rang d'animaux domestiques. Avant, on s'en servait pour débusquer des truffes, maintenant, pour parader sur les Champs-Élysées, au bout d'une laisse. Il faut vivre avec son temps. Cela faisait chic, branché, très artiste. J'avais également noté l'absence d'offre de vêtements (cela existait bien pour les chiens et les chats), avais découvert une niche (sans mauvais jeu de mots) et m'y étais engouffré. De là était né, attention vous n'allez pas y croire, Prêt-à-porc-ter®. Oui, j'ai osé…

Mais revenons-en à la soirée. Elle m'avait coûté 3 200 euros TTC, je pensais en tirer 350 000. Une excellente plus-value, donc. Je mesurai toute l'ironie de la situation. J'avais contracté les services d'un certain Boudin afin de trouver un financement pour une marque d'habits pour cochons. Il n'y a que la vie qui invente ce genre de coïncidences…

Tout avait bien commencé. Le manoir que j'avais loué pour l'occasion (5 800 euros) avait eu son petit effet sur Xavier Duchamps-Delavieille, un riche entrepreneur que j'avais rencontré au mariage d'une amie où il s'était présenté comme un ami de l'ami de l'amie de la sœur de la mariée.

— Votre demeure est… pfff… époustouflante, arriva-t-il à peine à articuler.

Un serveur lui avait collé une coupe de champagne dans la main avant qu'il ait pu refermer la bouche.

— Les affaires marchent plutôt bien, mentis-je.

Mes finances étaient au plus mal. J'avais eu du mal à sortir la tête de l'eau après l'effondrement des bitcoins obtenu par le lobby bancaire européen, et dans lesquels j'avais converti toute ma fortune. Résultat, croyant devenir millionnaire, j'avais tout perdu. Mais il me fallait donner l'impression que tout allait bien. Que l'on pouvait me faire confiance. L'argent appelait l'argent, c'était bien connu. Le paradoxe du banquier. On ne prêtait qu'aux riches, non ? Alors j'avais fait un crédit pour me payer cette fête.

— Je vois ça, dit Xavier Duchamps-Delavieille en dodelinant de la tête, admiratif. Et qu'est-ce que vous avez comme amis !

On se serait cru dans le conte du Petit Chaperon rouge, revisité à la sauce Rothschild. Qu'est-ce que vous avez un beau château ! C'est pour mieux te pomper tout ton fric, mon pigeon ! Qu'est-ce que vous avez comme amis ! C'est pour mieux te dévorer tout cru, mon couillon !

— Les gens m'aiment, c'est vrai, répondis-je au lieu de cela, avec une modestie surjouée, tout en n'en pensant pas moins au loup.

Duchamps-Delavieille avait fini son champagne quand il passa le seuil de ma demeure temporaire, on lui en servit donc un autre. Lui en mettre plein les yeux, et plein le foie, avais-je donné comme instruction. Tout en prenant garde de ne pas trop le soûler car je voulais qu'il reste conscient de ses actes, et qu'il ne loupe pas sa signature.

Lorsque je vis le jongleur de chiens (un mec qui jonglait avec trois caniches) et le lanceur de pastèques (qui lançait des pastèques sur des couteaux, et non le contraire, comme l'on aurait pu s'y attendre), je pensai que Marcel Boudin en faisait peut-être un peu trop. Mais les performances ravirent mon potentiel magnat, ce qui me rassura par la même occasion.

— Vous m'avez dit avoir besoin de 300 000 euros, donc, dit-il en se laissant tomber sur un canapé Empire aux pieds dorés.

— 350 000, corrigeai-je.

— Pour ouvrir une charcuterie, c'est ça ?

— Euh, pas exactement, en réalité, c'est pour habiller des co...

— Ah oui, je me souviens ! me coupa-t-il. Vous êtes celui qui veut créer des vêtements pour rats !

Mon Dieu, « celui qui veut créer des vêtements pour rats » ! J'en aurais ri si je n'étais pas aussi tendu.

— Pour cochons ! précisai-je comme si c'eût été moins absurde. C'est une idée en or. On va devenir millionnaires, on va pouvoir s'acheter des Porsche avec des...

— Porcs... Et vous mettrez votre Porsche dans une porcherie...

Il sourit de sa blague et jeta encore un regard autour de lui, comme pour juger de la confiance que l'on pouvait m'accorder. Le château, la fête, les invités selects. Cette idée de cochon n'était peut-être pas sérieuse, mais si l'on pouvait faire de l'argent avec... Je déglutis en voyant que ses yeux s'arrêtaient sur le dresseur d'ours polaire. Dresseur d'ours polaire ? Qu'est-ce que c'était encore que ce truc ?

La bouche de Xavier Duchamps-Delavieille (permettez-moi de ne l'appeler que Xavier à partir de maintenant) s'ouvrit. Genre tractopelle. À s'en décrocher les mâchoires. Il dénoua sa cravate, comme pris d'une soudaine fièvre. Bon, ce n'était qu'un mec avec un fouet et un ours blanc, après tout. Pas de quoi fouetter un ours polaire.

Je notai de fines gouttes de sueur perler sur le front de Xavier. Et sur le mien par la même occasion.

— On dirait qu'elle vous plaît, dis-je pour rompre le silence.

— Oh que oui, elle me plaît, parvint-il à articuler à grand-peine.

— J'ai rapporté cette créature d'un voyage en Arctique, sur la banquise, mentis-je.

C'était du moins tout ce que je pouvais connaître des ours blancs.

— On trouve des beautés pareilles sur la banquise ? Et moi qui la croyais inhabitée.

— Oh, non, il y a des pingouins aussi, des phoques…

Il éclata de rire et, pour la première fois depuis qu'il avait vu l'ours polaire, il tourna son regard vers moi.

— Vous êtes marrant. Comment s'appelle-t-elle ?

Sa question me désarçonna. Sa perspicacité aussi. Comment avait-il su que l'animal qui se tenait maintenant debout sur un tabouret à agiter ses grosses pattes avant était une femelle ? Je scrutai l'entrejambe de l'animal mais la fourrure y était si abondante qu'elle aurait pu dissimuler un sexe de mâle. Et puis, cela ressemblait à quoi, un pénis d'ours ? Je n'en avais jamais vu, même dans les documentaires animaliers.

— Quel est son nom ? insista Xavier, m'arrachant à mes pensées.

— Euh… Bettie, répondis-je tout de go, perplexe.

De tous les noms que l'on pouvait donner à une ourse, Bettie me parut le plus… plausible. En tout cas le moins incongru.

— Présentez-la-moi.

— Pardon ?

Je faillis cracher le champagne que je venais de mettre dans ma bouche.

— Présentez-la-moi.

— Bien sûr, tout de suite, je vais vous présenter, euh… Bettie.

J'étais prêt à passer toutes les excentricités de mon futur investisseur pour obtenir ces 350 000 euros et pouvoir habiller des cochons de stars, ainsi, je me levai et l'invitai à en faire autant d'un mouvement de la main.

*
* *

L'ours polaire, je le compris lorsque nous nous approchâmes du dompteur et de sa bête, n'était pas ce qui intéressait Xavier. Mais la femme qui se trouvait juste derrière eux, une coupe à la main et un sourire destructeur aux lèvres. Elle applaudissait le spectacle, émerveillée. Ou c'était une excellente actrice, ou la performance de celle que j'avais baptisée Bettie la subjuguait vraiment.

Au moment où nous allions l'aborder, à ma plus grande horreur – car Xavier se rendrait compte, un, qu'elle ne s'appelait pas Bettie, deux, qu'elle ne venait pas de la banquise –, la jeune femme reçut un appel téléphonique, tourna les talons et entra dans la pièce qui était derrière elle.

Nous la suivîmes à l'intérieur. Elle s'était mise dans un coin pour parler en toute confidentialité. J'en profitai pour jeter un coup d'œil sur ce qui était censé être ma... bibliothèque. Nous étions entourés d'étagères bondées de livres. Jamais je n'avais vu autant de romans de ma vie.

— Vous les avez tous lus ? me demanda-t-il aussi sec.

— Presque, oui, bafouillai-je.

Il prit un ouvrage au hasard.

— *Comment vivre avec un micropénis*, lut-il. Intéressant.

Et il m'adressa un sourire complice.

— Je... C'est un cadeau de...

— D'une ex ? hasarda-t-il.

— C'est ça, d'une ex.

Et nous éclatâmes de rire. Il reposa le livre dans les rayons et en caressa d'autres avec la pulpe de son index.

— La collection complète du marquis de Sade, *Les Sept Leçons du bricoleur*, *La Masturbation pour les Nuls*, *Les Travailleurs de la mer* de Victor Hugo. On peut dire que vous avez des goûts assez... éclectiques.

Je ne compris pas ce qu'il entendait par « des goûts électriques ». Mais j'acquiesçai pour ne pas passer pour un péquenaud. J'avais dû lire deux livres à tout casser dans ma vie, et encore, obligé par le programme scolaire de 3e.

— C'est romantique, me glissa alors Xavier dans l'oreille, ces rencontres dans les bibliothèques (il me

signala la jeune femme d'un geste du menton).
La littérature en est pleine.

J'acquiesçai, sans avoir aucune idée de ce dont il
voulait parler.

— Ces personnages qui, au cours d'une fête
dans une maison inconnue, se retrouvent dans une
incroyable bibliothèque. Nick Carraway et Jordan Baker
dans *Gatsby le Magnifique*. Scarlett et Ashley dans
Autant en emporte le vent. Xavier et Bettie dans… cette
histoire qui reste à écrire.

À l'évocation du prénom de Bettie, je frémis.
Comment allais-je donc me sortir de cette situation ?
Surtout, ne commettre aucun impair. Il en allait de
350 000 euros et de mon magnifique projet.

À peine la jeune femme eut-elle raccroché que
Xavier me pressait d'un coup de coude :

— Présentez-moi.

— Oui… oui, tout de suite.

Je m'avançai vers elle et pris mon courage à
deux mains.

— Bettie ! lançai-je, comme si nous avions gardé
les cochons ensemble (ha, ha !). Je voudrais te présenter un ami : Xavier Duchamps-Delavieille.

— Xavier, s'empressa-t-il de dire. Juste Xavier.
(Tu m'étonnes !)

Je m'attendais à me faire gentiment éconduire,
mais, au lieu de cela, l'actrice sourit, entra dans le
jeu et lui tendit la main. Xavier me bouscula sans
aucun ménagement, passa devant moi et tendit à
son tour sa grande main aux ongles soignés.

— Sophie, Sophie Duverre.

— Xavier, investisseur de fortunes et fortuné.
Je croyais que vous vous appeliez Bettie !

— Fortuné ?

— ... de vous connaître.

— Et dans quoi investissez-vous ?

— Dans un peu tout et n'importe quoi (dans du prêt-à-porter pour cochons, par exemple...). Mais ne parlons pas affaires (« Si, si ! », pensai-je). Je pourrais peut-être vous inviter à boire un verre ? (« Qu'est-ce qu'il nous fait, là ? »)

— Champagne, dit-elle.

Xavier fit volte-face et, tel un faucon fondant sur sa proie, s'empara au vol d'une coupe qui passait par là sur un plateau. Il la lui tendit et l'entraîna courtoisement vers le jardin, me snobant avec la plus grande impertinence. J'étais devenu invisible. Je pris moi aussi un verre de champagne pour me donner une contenance, lançai un regard à tout ce théâtre qui m'avait coûté une petite fortune et dont, au départ, j'étais supposé être le centre. J'en étais soudain un simple spectateur.

Xavier Duchiotte-Delavieille et Bettie s'éloignèrent, bras dessus bras dessous comme deux vieux amis, ou deux vieux amants, qui se retrouvent. Le dompteur faisait un numéro de jonglage avec l'autre Bettie, une cinquantaine d'acteurs jouaient les invités émerveillés, papotaient, s'initiaient au cricket, au mini-golf. Tout allait pour le mieux dans le meilleur des mondes factices. Sauf pour moi.

J'allai m'asseoir sur un transat au bord de la piscine, dans laquelle des jeunes hommes et jeunes femmes tout habillés pataugeaient en s'esclaffant, ivres comme s'ils s'étaient trouvés dans une piscine de champagne dans laquelle ils auraient trop bu la tasse, enfin, la flûte.

Une heure passa. Xavier n'était toujours pas revenu. Alors, bercé par les vapeurs de l'alcool, je m'assoupis.

Lorsque j'ouvris les yeux, il n'y avait plus personne. Tout n'était que confettis mouillés, cadavres de bouteille, verres brisés. Une pagaille monstre.

Je me levai et errai quelques minutes dans ce champ de bataille qui avait été témoin de ma plus grande défaite. « La fête, on l'a faite, on la *défaite...* », pensai-je.

Envolés, les 350 000 euros, adieu, Don Juan de pacotille. Je pris ma voiture et je rentrai chez moi.

Le lendemain, j'appelai Xavier pour savoir comment s'était terminée sa soirée et savoir si nous pouvions reprendre notre discussion. À propos de cochons, Xavier... Mais il ne décrocha pas. Je lui laissai une dizaine de messages. La semaine suivante, je le rappelai plusieurs fois et tombai finalement sur un message des plus déroutants. « Le numéro que vous avez demandé n'est plus attribué. » C'était comme s'il avait disparu de la surface de la Terre.

★
★ ★

Il me fallut quelques semaines pour comprendre. Et une rencontre. Celle de Xavier au Pôle emploi de mon quartier. Je n'avais pas réussi à avoir de financement, j'avais dû revoir à la baisse mon ambition de devenir le Karl Lagerfeld des cochons, au profit d'un travail qui, s'il n'alimenterait pas mon ego et mes idées de grandeur, assurerait ma simple survie, un poste de peleur de patates chez McDonald's.

Et voilà sur qui je tombais en allant pointer ! Don Juan Delavieille !

Je l'observai du coin de l'œil. Il arpentait, mains dans le dos, le couloir en jetant un regard distrait aux annonces affichées. Il devait attendre son tour au guichet car, chaque fois que le signal sonore résonnait, il tournait la tête vers l'écran où s'affichaient les numéros et vérifiait son ticket. Les pièces du puzzle s'assemblèrent alors dans mon esprit. Xavier n'avait jamais eu l'intention de me donner 350 000 euros. Xavier était chômeur, comme moi. Il n'avait jamais eu cet argent. Et s'était bien foutu de mon projet. Tu parles, des vêtements pour cochons, ça avait dû le faire rire. Il avait eu la même idée que moi. Il avait loué les services de Marcel Boudin Ltd. afin de connaître du beau monde, oui, s'incruster dans un univers auquel il n'appartenait pas et, comble de l'ironie, qui n'avait été qu'une grande farce. Espérant trouver un boulot, établir des contacts, il avait fait appel à Marcel Boudin. On avait loué tous les deux les services de l'*entertainer* pour épater l'autre. On nous avait roulés, tous les deux. Il avait juste voulu me lancer de la poudre aux yeux, tout comme moi. Et on s'était pris une tempête de sable dans la tronche.

Je m'effaçai, sur la pointe des pieds, et sortis de Pôle emploi.

Après cela, je ne sus plus jamais rien de lui. Quant à Sophie Duverre, je la vis dans une publicité de régime minceur. Elle avait pris trente kilos pour le rôle. On ne la différenciait plus de Bettie, pour le coup l'ours polaire. Si ce n'était les poils. Moi, je pelais des pommes de terre chez McDonald's pour un salaire de misère pendant que je rêvais à mes trucs. Après les vêtements pour cochons, je venais de découvrir une nouvelle niche, le spray de crème Chantilly de moins de cent millilitres, pour manger des fraises dans l'avion ! Cela n'avait jamais été fait. J'étais sûr d'avoir l'idée du siècle. Qui me rendrait millionnaire. Mais, pour cela, il me fallait trouver 350 000 euros. Vous n'auriez pas une petite pièce ?

Tatiana DE ROSNAY

Trouble-fête

Je n'ai rien oublié. Tout a été pensé jusqu'au moindre détail. Tout. Même la couleur des serviettes, qui rappellera ma robe. Turquoise. Je l'ai voulu ainsi. Un an que je planifie chaque aspect, chaque moment de cette fête. Elle sera grandiose. Elle sera parfaite. Les soixante ans de mon mari.

Pas de tristesse. Pas d'amertume. Place à la lumière, à la joie. Oublier le passé. Rayer les moments difficiles. Se tourner vers le partage, la liesse, les amis, les parents. Se diriger vers le bonheur.

La robe tombe bien. Avec le corps que j'ai, je peux tout me permettre. Dans le miroir, une femme de quarante ans qui a gardé sa ligne après trois enfants. Une femme qui a tout fait pour rester belle. Du sport, cinq fois par semaine. Cours de tennis et yoga. Massages, soins de beauté chez l'esthéticienne, coiffeur. Obligatoire. Il n'y a pas d'autre solution. L'apparence, cela se construit. Cela se bâtit. Cela demande des efforts immenses. J'ai tout donné, et je continuerai. Ma mère s'était laissée aller. Je ne ferai jamais comme elle. Je veux que tout soit parfait.

J'y travaille, sans relâche. Ne me faites pas la morale. Cela ne m'intéresse pas.

Adolescente, j'étais boulotte. Je sais, c'est difficile à croire, quand on voit ce que je suis devenue. Je n'allais pas à la plage tant c'était un supplice de montrer ma cellulite. J'en parle peu. C'est douloureux. J'ai maigri au moment où j'ai connu mon mari. Il s'est dit beaucoup de choses idiotes sur notre mariage. La différence d'âge, par exemple. Tellement facile. Et tellement bête.

J'ai connu Toby à Londres, lorsque je travaillais dans une galerie d'art à South Kensington. Ce n'est pas le genre d'homme qui passe inaperçu. Il a cette élégance britannique qui plaît aux femmes, cet œil pétillant, ce sourire en coin. Il venait de divorcer de sa première épouse. Une Anglaise godiche aux pieds plats. Vous voyez le genre. Cela n'a pas été difficile de le séduire.

J'ai voulu montrer à Toby à quel point j'allais tout réussir. Je serrais les dents. Je ne me plaignais jamais. J'allais être cette créature exemplaire qui fait rêver. J'ai tout fait pour. Je n'ose pas vous dire comment. Ce serait long et compliqué. Et puis, loin de moi l'idée de révéler mes secrets. Le nombre de femmes qui aimeraient être comme moi. Vous n'imaginez pas.

Je n'ai plus beaucoup d'amies. À part Isabelle. Je sais que certaines me trouvent insupportable. Elles ont sans doute raison. Cette quête de la perfection isole. Je suis la reine solitaire de mon petit royaume.

Mes enfants filent doux, eux aussi. Pour le moment. Mon fils aîné, adolescent, est plus compliqué, mais je tâcherai de comprendre comment faire face.

Il y a quelques années, Toby et moi avions décidé de nous installer à Paris. Il avait envie de quitter Londres. Sa profession de banquier lui permettait ce transfert. Nous avions trouvé une jolie maison dans le quatorzième, avec un jardin, chose rare à Paris. Il a fallu tout refaire. Toby m'a laissée gérer le chantier. Au début, l'architecte et les ouvriers me reluquaient, goguenards. Je voyais bien dans leur regard qu'ils se disaient que la ravissante Mme Smythe n'allait pas leur causer beaucoup d'ennuis.

Les pauvres. Je les ai usés jusqu'à la trogne. Toujours avec le sourire, sans jamais hausser la voix, toujours élégante, juchée sur des talons de dix centimètres, le brushing impeccable, les ongles faits, le sac de marque négligemment porté au poignet. Intraitable. Coriace. Implacable. La main de fer dans le gant de velours. J'étais la première sur les lieux. Toujours à l'heure. J'inspectais tout, dans les moindres détails. Et ce plombier qui se vidait dans mes nouvelles toilettes, certainement pour me narguer, répandant sa puanteur dans mon antre, je l'ai congédié d'un doigt courtois mais ferme, tandis qu'il remontait sa braguette, penaud.

Ma maison ressemble à une page dans un magazine de décoration. Une cousine de mon mari se plaît à dire que c'est superbe sur papier glacé, mais impossible à vivre, vraiment pas confortable, selon elle. Sombre idiote. Elle ne s'est pas arrêtée là, on m'a tout rapporté : tout ça pour « recevoir », pour « montrer » mais je n'invitais personne, ou si peu ! Et quand j'invitais des gens à dîner (plutôt rarement parce que c'était un tel stress !), je ne recevais jamais avec bonheur, avec joie, mais avec des « chichis ». N'importe quoi.

Oui, j'ai des ennemies. Celles qui persiflent en chuchotant que je gave Toby et les enfants de petits plats « à la mode ». Et alors ? Je fais mes menus à l'avance, j'essaie les recettes dernier cri avec des produits frais, finement choisis. Je me lève à 6 h 30, trois fois par semaine, pour aller au marché, je mijote des plats comme au restaurant, cela me prend un temps fou et je présente le tout dans des assiettes ravissantes. Tout doit être irréprochable : nos vacances à l'île Maurice, mes tenues que je choisis avec un soin maniaque. Je lis les romans qu'il faut lire, j'entraîne Toby dans le dernier restaurant à la mode, voir les pièces de théâtre qu'il faut impérativement aller voir. Ça dérange certaines personnes ? Tant pis pour elles.

À chaque instant, il faut contrôler. Ne jamais lâcher prise. Ne jamais baisser la garde. Ne jamais se contenter d'un à peu près. Pour la fête de Toby, il fallait d'emblée qu'elle soit merveilleuse. Attention ! Pas trop guindée, ni trop sophistiquée. Quelque chose de convivial, avec une certaine douceur, une joie de vivre, une légèreté. Pas question d'en faire trop, d'épater la galerie.

Je souhaite avant tout faire plaisir à mon mari.

À travers cette jolie soirée, lui montrer combien je l'aime. Oui, je suis capable d'amour. Oui, je suis une amoureuse. Une grande amoureuse. Vous ne me croyez pas ? Je m'en fiche. Cette fête sera à la hauteur de mon amour pour Toby. Et rien ne pourra la gâcher. La pluie ? Une jolie tente éphémère recouvrira notre jardin parfumé. Le froid ? Des discrètes souffleries d'air chaud. Une canicule ? Un brumisateur géant. Ne cherchez pas. J'ai tout prévu.

Chaque semaine, je planifie en secret. Une fête, ce n'est pas seulement une histoire de traiteur, de meringues, de buffet. C'est un travail de fourmi, patient, minutieux, détaillé. Et je m'y attelle avec acharnement et grâce depuis si longtemps.

Toby va avoir soixante ans, mais il n'a rien d'un grabataire. Il est toujours aussi séduisant. Il fait partie de ces hommes qui vieillissent bien, comme le bon vin. Il n'a pas perdu son accent anglais, ce qui rajoute à son charme. Il en joue, bien entendu. Nous formons un couple magnifique. J'en ai tout à fait conscience. Nous faisons beaucoup de jaloux, sans doute. C'est toujours pareil. Que voulez-vous que je fasse ? Cacher notre bonheur ? Ridicule. Au contraire, je l'étale.

Sur Instagram, j'ai 22 000 followers. Oui, moi. Une *desperate housewife*. J'en ris. Allez y faire un tour. Ma vie y est. Accro ? Oui, bien sûr. Je suis capable de passer une heure à régler les détails pour que la photo soit parfaite. J'adore. Je rectifie un pli, une lumière, un angle. Tout y passe. Tout. Ma ravissante vaisselle. Mon service à thé, une merveille.

Mes nappes. Mes fringues. Mes chaussures. Mes bijoux. Mon maquillage. Mes voyages. Mes enfants (de dos bien sûr, comme ceux des stars). Mes selfies. Je suis la reine du selfie.

Je mets ma vie en scène et j'adore ça. Et pour cette fête sublime, je vais tout instagrammer. Je voudrais que le monde entier puisse assister à ce spectacle magique, que tous s'extasient devant le raffinement, le goût exquis, la joie qui émanera de mes images.

Je sais bien ce que vous pensez. J'imagine votre sourire méprisant. Je n'en ai cure. Moi, j'ai décidé d'être heureuse, coûte que coûte. Dans la perfection. Dans le contrôle. J'ai eu cette soif-là très tôt. J'étais une fillette maussade, une adolescente complexée et rancunière. J'en voulais à celles qui réussissaient. Cela ne suffit pas, d'être première de classe. On s'en fiche, des bonnes notes. Moi, je n'avais jamais réussi à être populaire. Je n'étais pas celle qu'on invitait à chaque fête. J'enrageais dans mon coin. Je devenais méchante. J'imaginais mes camarades de classe en train de danser, de boire, sans moi, et je laissais l'amertume m'envahir. Dans mes carnets intimes, je consignais cette rancœur. J'inventais des contes cruels où je me vengeais de celles qui ne me regardaient pas, qui ne me considéraient pas. Heureusement que j'ai brûlé cette paperasserie. Elle pourrait me trahir, aujourd'hui. Je ne sais d'ailleurs même pas pourquoi je vous en parle. Il y a certaines choses qu'on doit rayer de son passé.

Il y a des choses dont j'ai honte. Cela vous étonne ? Avant de connaître mon mari, j'ai eu quelques histoires d'amour. Dont une importante. Il paraît que la vengeance est un plat qui se mange froid. Moi, je l'ai dévorée brûlante, à me carboniser la gorge. Je sais maintenant que je ne recommencerai jamais. Jamais je n'irai si loin dans la folie vengeresse. Jamais je ne me laisserai aller à des actes pareils.

Je vois bien que vous n'avez pas l'air de me croire. Voyez-vous, j'étais persuadée que Léo, mon amoureux d'alors, était un homme à part. Je le croyais incapable de me tromper. J'ai eu des soupçons à cause de SMS. J'ai suivi Léo. Au début, j'ai voulu croire à une amitié confraternelle, mais il n'y avait aucun doute. Elle travaillait sur le même film que lui, elle était assistante régie. Lara. Jolie fille. Sexy. Plus jeune que moi. Et j'ai pensé jour et nuit à ce que je pourrais faire, ni vu ni connu, qui lui pourrirait la vie, à elle, et à lui. Je suis assez machiavélique. J'ai des idées tordues. Alors voilà, il y avait la Clio neuve de Léo. Je savais où il gardait le double des clés. L'idée de ce que j'allais faire m'est venue vite, et clairement.

Léo était en tournage en banlieue. Il faisait chaud, lourd, même. Je suis venue en RER et j'ai attendu qu'il aille déjeuner avec toute son équipe – et « Lara » – dans un bistrot. La Clio se trouvait dans une rue calme. J'ai ouvert la porte avec la clé de rechange, et j'ai avancé le siège passager à fond, puis je me suis assise sur la banquette arrière. J'avais acheté du thon en boîte, caché dans un sac en plastique. Avec un couteau, j'ai soulevé et fait pivoter les rails en métal sur lesquels on fait glisser les sièges. À l'intérieur des rainures, j'ai minutieusement déposé à la cuiller des petites miettes de thon. Et ce serait encore mieux au soleil, tout à l'heure. Dès qu'un piéton passait, je me redressais, souriante, faisant semblant de bavarder dans mon portable. Ensuite, j'ai recalé les rails sur les glissières, j'ai enlevé toutes les miettes de thon qui traînaient, j'ai avancé le fauteuil passager, et je suis partie.

En rentrant ce soir-là, Léo avait une mine préoccupée. Il dégageait une odeur pestilentielle. « Un truc incompréhensible », marmonna-t-il, en passant sous la douche. « La Clio pue, tu ne peux pas t'imaginer ce que c'est. Elle est chez le garagiste, mais il n'a rien trouvé. » J'ai hoché la tête, l'innocence même : « Il y a peut-être un défaut de fabrication ? » À l'intérieur, je jubilais.

J'ai fait pire que cela, vous savez. Bien avant l'histoire avec Léo. J'ai fait des choses que je regrette. Je les ai faites par lâcheté, par méchanceté. Non, je ne vous dirai pas quoi. C'est derrière moi. J'étais jeune, j'avais quatorze, quinze ans. Je ne savais pas. Je ne voulais pas savoir.

Maintenant, je sais. Et je ne veux plus y penser. Je veux penser à la fête de Toby. Rien qu'à la fête de Toby.

J'aurais dû anticiper. Voir les signes. Je n'ai rien vu. Perdue dans ma quête de perfection.

C'était un soir, juste avant la fête, quand mon aîné m'a dit quelque chose qui m'a glacée.

Il était en train d'essayer de faire marcher le nouveau lecteur DVD. Je me suis impatientée, comme d'habitude. J'ai dit, agacée :

— Tu n'as rien compris, Thomas. Donne-moi ça. Laisse-moi faire. Il n'y a que moi qui sais faire, ici.

Mon ado m'a toisée, l'œil ironique. Il a esquissé une courbette exagérée.

— Sympa, merci, maman. Et sympa pour papa. Heureusement qu'on a un tyran dans la famille pour tout décider à notre place.

Il est sorti de la pièce, et a claqué la porte. Du canapé, Toby, plongé dans son journal, n'a rien dit. La petite phrase de mon fils me trottait dans la tête. *Un tyran dans la famille.* Pourquoi cela me blessait tant ?

Je me suis tournée vers Toby.

— Tu trouves que je suis un tyran ?

Il n'a même pas levé les yeux de son journal.

— Absolument. Thomas a raison. Tu es un tyran. Un adorable tyran, mais un tyran tout de même.

— Comment ça ?

— Tu sais bien que tu es une fille exigeante, Margaux. Je ne t'apprends rien. Mais c'est vrai, tu es parfois tyrannique. Tu décides de tout. Tu veux tout contrôler. Ne me regarde pas comme ça ! Tu ne vas pas me dire que tu ne t'en rends pas compte ?

J'ai regardé la définition de « tyran » sur mon portable : *Personne qui abuse de son autorité, de son pouvoir.*

Le lendemain, dans ma voiture, le mot m'est revenu. *Tyran.* J'étais un *tyran*. Les yeux ironiques de mon fils. Le sourire un peu las de mon mari. *Un adorable tyran.*

Je me souviens qu'à la maternelle, j'avais déjà compris que j'aimais régner sur les autres. C'était comme une sorte de jouissance. Être celle qui avait les meilleures idées de jeux, de blagues, de secrets. Ces petites filles que je terrorisais à l'école parce qu'elles ne savaient pas siffler ou lacer leurs chaussures.

J'ai passé le reste de la journée dans une sorte de stupeur. Le lendemain matin, j'ai appelé ma meilleure amie Isabelle. Je lui ai posé la question. Étais-je un *tyran* ? Elle était pondérée. Je sentais qu'elle cherchait ses mots. Peut-être ne voulait-elle pas me blesser ?

— C'est vrai que tu es autoritaire, Margaux, je pense que ce n'est pas nouveau qu'on te dise ça, non ? Tu aimes organiser, régenter. C'est dans ta nature. Tu es comme ça.

Je lui ai demandé si elle, ça la gênait. Elle me dit qu'elle en avait l'habitude, maintenant, à force de me connaître. Donc elle s'effaçait. Elle me laissait faire. Elle me laissait croire que j'avais toujours raison parce que c'était plus simple. Sinon, quelle prise de tête.

Et soudain, elle m'avait lâché, d'une petite voix :

— Parfois, tu as été lourde avec moi. À l'époque de mon divorce, tu as voulu me donner des conseils. Sur tout. Je ne savais pas comment te dire de ne pas t'immiscer dans ma vie. Je savais que tu faisais ça pour m'aider. Mais j'en avais assez.

Et moi qui ne m'étais rendu compte de rien. Et moi qui pensais l'aider. Je n'en revenais pas d'avoir été si aveugle. D'avoir passé tout ce temps sans me rendre compte que j'emmerdais les autres !

— Mais pourquoi tu ne m'as pas envoyée paître ?

— Parce que tu es mon amie.

J'avais raccroché, la tête bourdonnante de questions. Je me sentais dépassée. Et mon mari ? Est-ce que lui aussi il faisait comme Isabelle, il me laissait faire parce qu'il m'aimait ? Et mon fils ? Il n'avait que treize ans. Est-ce que je le dominais trop ? Ne fallait-il pas le laisser vivre ? Le laisser prendre ses marques ? Mes hommes étaient là, l'ado devant son ordinateur, le mari au téléphone. Ils étaient ce que j'aimais le plus, avec mes deux fillettes. Pourquoi j'étais un *tyran* ? Pourquoi je voulais toujours avoir raison ? Pourquoi je voulais tout faire à la place des autres ?

Je suis allée dans la cuisine me verser un verre de chablis. Je me sentais différente, fragile. Je m'étais assise à la table, je réfléchissais. Comment on guérissait de ça ? Il fallait aller voir un psy ? Je me disais que j'étais prête à changer. Plus question de décider à la place des autres, de gouverner leur vie. D'empiéter sur leurs existences. D'empêcher mon fils d'être lui-même, d'apprendre par lui-même. D'empêcher mon mari de me dire ce qu'il pensait vraiment.

Qu'est-ce que je cherchais, à la fin, en faisant tout cela ? À être aimée ? À être crainte ? À attirer l'attention ? Ou tout cela à la fois ?

Que voulait vraiment dire cette obsession de la perfection ?

J'aurais dû anticiper que tout allait me rattraper.

Que ce que je souhaitais taire par-dessus tout allait remonter à la surface. Que cette soif de perfection ne trompait personne.

Que j'allais payer. Oui, que j'allais le payer très cher.

La fête de Toby avait pourtant très bien commencé. Il faisait un temps de rêve ; une journée ensoleillée mais fraîche, un ciel bleu pur. La maison était une vraie ruche. Tout le monde s'activait. En cuisine, mes petites mains étaient au travail sans relâche pour confectionner les terrines aux deux saumons, les taboulés de quinoa, les pains d'aubergine dont Toby raffolait, les blinis au sarrasin, les salades raffinées aux légumes exotiques dont j'avais le secret. Les tajines étaient en route, la maison embaumait. Le traiteur n'apportait que les boissons. Tout le reste était fait maison. Je n'avais pas lésiné sur les desserts, succulents, tous également préparés par mes fées et moi-même : sushis aux framboises et aux mangues, salade de fraises et rhubarbe au sirop de verveine, madeleines au thé vert et au miel, gâteau onctueux au chocolat noir, celui que Toby adorait.

Avec cette météo, on allait pouvoir dîner dehors. Un soulagement. Pourquoi, alors, ce pincement au cœur ? L'impression funeste d'un drame qui se profilait ? Même chez le coiffeur, alors que je me trouvais jolie dans le miroir, je n'arrivais pas à chasser cette sensation désagréable.

— Vous n'avez pas l'air dans votre assiette, madame Smythe ?

Mon coiffeur chéri, Michel, qui me connaissait si bien, avait tout de suite remarqué mon état. J'ai bredouillé que c'était l'organisation de la fête qui me stressait quelque peu. Je lui ai parlé des musiciens qui allaient venir d'Irlande, les préférés de Toby, des poèmes que les enfants avaient préparés, des discours des meilleurs amis. Il m'écoutait, gentiment.

— Essayez quand même de vous détendre. Ça va bien se passer, j'en suis certain !

De retour à la maison, ce fut la bousculade pour organiser les derniers éléments. Je me sentais devenir hystérique et dictatoriale. Tout le contraire de l'image de perfection que je souhaitais projeter. Je tournais en rond comme un hamster dans sa roue. Je traquais le moindre détail ; je houspillais mes aides en cuisine. Tout le monde faisait le dos rond. Ils devaient se dire que, d'habitude, je mettais les formes. Ce n'était pas le cas ce soir.

Avant l'arrivée des invités, je suis allée me calmer seule dans la salle de bains. La demeure bruissait de l'attente de la fête, de ces moments que je voulais réussir à tout prix, pour qu'on puisse se dire longtemps après : « La fête de Toby, c'était quelque chose ! Margaux est vraiment une hôtesse extraordinaire ! »

Je me suis regardée dans le miroir en pied. Oui, une silhouette de rêve. Oui, les chevilles fines, racées, un port de tête de princesse. Cette robe turquoise était un triomphe. Elle mettait en valeur mes yeux à la fois vert et bleu.

Oui, j'étais belle, et parfaite. Comme toujours. Ne jamais regarder derrière moi, ne jamais oublier les douleurs du passé. Se concentrer sur maintenant.

Alors, pourquoi cette angoisse ? C'était inexplicable.

Il fallait vraiment que je m'en débarrasse. La sonnette de la grille du jardin avait déjà commencé à tinter. J'entendais les cris de joie des filles. Sûrement un invité qu'elles aimaient.

J'ai fouillé dans la trousse de toilette de Toby. Il avait toujours des anxiolytiques qu'il prenait lors de ses voyages en avion. J'en ai avalé un, à toute vitesse. J'allais me sentir mieux. J'ai respiré un grand coup.

« Allez, Margaux. Ressaisis-toi. Tu es la plus belle. Tu es Mme Smythe. Tout le monde t'envie. La fête de Toby sera un rêve, une perfection, une magie. Demain, ton téléphone ne cessera de vibrer avec tous ces SMS extatiques. Tu vas être portée par cette rivière de compliments, tu vas te nourrir de toute cette joie qu'on te donne. Reprends-toi. Regarde-toi. Descends l'escalier et accueille tes amis. Regarde leurs yeux briller. Va chercher cet éclat, va chercher cet amour, cette admiration. Vas-y. Vas-y maintenant. »

La sonnette tintait depuis un long moment, déjà. D'après le brouhaha dans le vestibule, je me doutais qu'il y avait déjà une vingtaine de personnes. On devait se demander où j'étais. Ce que je faisais. Une de mes filles est venue toquer au battant. Je lui ai dit d'une voix mécanique que j'arrivais dans quelques instants. Elle est partie.

Impossible de sortir de cette pièce. C'était comme si, dehors, il y avait quelqu'un ou quelque chose qui me voulait du mal. C'était inexplicable. Jamais je n'avais connu un tel effroi. J'étais bloquée. Tétanisée.

C'est finalement mon mari qui est venu frapper à la porte, étonné de ne pas me voir descendre. J'ai prétexté un problème de dernière minute avec ma robe, je faisais tout mon possible pour que ma voix reste légère, naturelle.

Un dernier regard dans la glace, et j'ai descendu l'escalier la main sur la rampe. Il y avait déjà une petite foule dans le jardin, des sourires, des embrassades, tous semblaient heureux de se retrouver et d'être là ce soir.

Mes amis m'accueillirent avec joie, me complimentèrent sur ma tenue.
Je me suis sentie redevenir moi-même, le poids sur ma poitrine me paraissait moins lourd. J'ai accepté une coupe de champagne, je m'efforçais de me laisser aller.

Cela allait être une très belle fête. Je regardais mon mari qui souriait en ouvrant ses cadeaux.

Les musiciens irlandais ont entonné une jolie ballade, des amuse-bouches circulaient, mes enfants s'amusaient avec leurs amis. Mais oui, tout allait bien se passer !

Tout était parfait, divin, exactement comme je l'avais imaginé. J'ai sorti mon portable, grisée, afin de prendre quelques photos pour Instagram. Bien choisir mes hashtags. #fetedetoby #tobyetmargaux #bliss #happy #wonderful

Je l'ai vue en premier sur une des photos que j'ai postées. Elle était de dos. Une robe rouge. Elle tenait une coupe de champagne à la main. Des longs cheveux noirs.

J'ai senti mon sang se glacer. Pourquoi cette chevelure me faisait-elle un tel effet ? Qui était cette femme ?

A priori, elle ne me disait rien. Je me suis avancée sur le gazon, en faisant mine de prendre des photos. Un sourire figé sur les lèvres.

Une femme de mon âge. Ce profil...

Mon cœur s'est mis à battre plus rapidement. J'ai failli laisser tomber mon portable. On me parlait, mais je n'entendais pas. Je n'entendais plus.

Non, cela ne pouvait pas être elle. Ce n'était pas possible, toutes ces années plus tard.

Je me suis approchée encore. Je l'ai vue de face. Le même nez. La même bouche. Et les yeux.

Elle posa son regard sur moi. Ces yeux noirs. Jamais je n'avais pu oublier ces yeux noirs. Des puits sans fond.

Que faisait-elle là ?

Avec qui était-elle venue ?

L'homme qui se trouvait à ses côtés était un des meilleurs amis de mon mari. Olivier. Il la tenait par le bras.

Olivier m'accueillit avec une exclamation de joie. Sa voix semblait à des kilomètres de moi. Il me la présenta.

« Margaux ! Comme tu es belle. Voici la femme de ma vie, Virginie. »

Je crois que nous nous sommes serré la main. Je me sentais comme un mannequin de cire. Incapable de bouger.

La voix de Toby dans le creux de mon oreille, qui me demandait si j'allais bien. Il me trouvait très blanche.

Comment lui dire ? Comment lui expliquer ?

Pendant qu'autour de nous, les invités festoyaient, il m'a semblé que la lumière baissait. Était-ce mon imagination ? Les ténèbres s'insinuaient dans le jardin fleuri, laissaient une trace noirâtre et gluante sur le bonheur que j'avais mis en scène avec tant de soin, tant d'espoir.

Et elle me regardait toujours. Sans sourire. Sans triomphalisme.

Son regard suffisait.

Toutes ces années plus tard, cette histoire me rattrapait.

Virginie.

« Margaux, ma chérie, qu'as-tu ? Tu veux un peu d'eau fraîche ? »

La main de Toby, sur mes omoplates.

Petit à petit, la mer blanche des visages qui se tournaient vers moi. Tous ces yeux qui faisaient l'aller-retour entre moi et cette femme en rouge qui n'avait pas bougé, qui se tenait droite.

« Qu'est-ce qu'elle a, Margaux ? »

Les murmures, les chuchotements.

« C'est qui, la fille en rouge ? »

Je sentais mes jambes se dérober. Je me suis agrippée au bras de mon mari. Comment lui dire ? Ces mots-là ne se prononcent pas. Ces paroles-là restent à jamais silencieuses.

Mais c'est elle, Virginie, qui a dit, de cette voix grave que je n'ai pas oubliée :

« Nous étions en classe ensemble. En 3e. »

J'aurais pu faire semblant. J'aurais pu sourire, hausser les épaules, dire d'un ton léger que tout cela remontait à si loin, lui proposer un autre verre, lui faire visiter la maison, lui présenter les enfants. La tension serait retombée.

Le silence s'éternisait. Les chanteurs irlandais ont fini par se taire, aussi.

J'ai senti les larmes couler. Mon beau maquillage. Terminé. Envolé.

Elle n'avait pas besoin d'expliquer. Elle n'avait pas besoin de dire quoi que ce soit.

Ce matin gris de novembre, où elle avait manqué à l'appel. Elle n'était jamais revenue en cours. La directrice du collège n'avait rien dit, sur le moment.

Et puis les rumeurs ont commencé à circuler. Virginie était à l'hôpital. Virginie ne reviendrait plus.

J'avais fait très attention. Jamais on n'aurait pu remonter jusqu'à moi. Cela avait été un lent travail de sape. Un travail de l'ombre, sournois, souterrain.

Je la haïssais parce qu'elle était jolie, parce qu'elle était invitée aux fêtes le samedi soir. Parce qu'elle avait de beaux cheveux noirs, un sourire éblouissant. Elle plaisait aux garçons. Elle était solaire. Mais elle avait une faille, sur laquelle je m'étais ruée. Elle était une élève moyenne. Et je n'avais cessé de me moquer de ses résultats, moi la première de classe, stigmatisant ce que j'appelais sa médiocrité intellectuelle. J'avais réussi

à en faire la tête de Turc du collège. Elle était devenue la jolie cruche dont on se moquait. La gourdasse.
L'écervelée. La Marie-couche-toi-là. La pute.

Virginie était toujours là, devant moi. Belle et
sombre.

Au creux de ses poignets, les fines cicatrices.
Rouges comme sa robe. Rouge comme ma honte.

Et dans le silence de mort qui s'était installé dans
le jardin, c'était comme si notre secret était visible
à tous, dans toute son horreur.

Leïla SLIMANI

La Fête des voisins

Je vis au cinquième étage de l'immeuble B dans la cité des Rossignols. L'appartement compte trois pièces. Un salon, où nous pouvons regarder la télévision et prendre nos repas. Notre chambre dans laquelle il y a un grand lit, une petite table de chevet, une chaise sur laquelle nous posons nos vêtements et un vieux placard qui était déjà là quand nous nous sommes installés. La deuxième chambre sert de débarras. On y a entreposé de vieilles couvertures, des pots de peinture, des outils et quelques cartons auxquels je n'ai pas le droit de toucher. Il y a une baignoire dans la salle de bains, mais mon mari a confisqué le bouchon et on ne peut prendre que des douches. Il me reproche de ne faire attention à rien, de consommer trop d'eau, de lui coûter cher. Je me dis qu'il me le rendra si nous avons un enfant. Et qu'il débarrassera la deuxième chambre. Il repeindra les murs en bleu clair, il achètera un berceau et il me laissera peut-être choisir la couleur des rideaux. Tout, alors, sera différent.

Il y a quatre-vingt-quatre carreaux de ciment roses sur le mur de la salle de bains. À certains endroits, les joints sont couverts de moisissures. Dans le placard au-dessus du lavabo, il y a douze boîtes de médicaments, une bombe de mousse à raser, un peigne marron et une paire de ciseaux à ongles dont la pointe est légèrement rouillée. Le canapé du salon est matelassé : j'ai compté quarante petits renflements et vingt-cinq boutons en velours. Près du compteur électrique, la peinture est abîmée à trois endroits et, quand on plisse un peu les paupières, on a l'impression que les éraflures forment les ailes d'un grand oiseau. Parfois, je me promène dans l'appartement les yeux fermés. Je marche à reculons. Je rampe dans le couloir. Je dors dans la baignoire. Je mange assise sur un carton dans la future chambre d'enfant.

Le matin, mon mari se réveille à 6 heures. Quand il sort de la douche, j'ai préparé le petit déjeuner. Je reste debout pendant qu'il mange, prête à lui tendre ce dont il aurait besoin. Il me demande s'il faut faire les courses pour le dîner. Je lui récite une liste, la plus petite possible car je ne veux pas le déranger ou le mettre de mauvaise humeur. Je l'aide à enfiler sa veste. Avant de partir, il coupe le téléphone. Il ferme les fenêtres à clé et il verrouille la porte. La journée commence.

Avant, il fermait les volets aussi. C'était au tout début de notre mariage. Je passais mes journées dans la pénombre. Je n'avais plus aucune idée des saisons. Dehors il neigeait, et je ne le savais pas. Je perdais la notion du temps, et quand il rentrait le soir, j'étais à moitié délirante. Je me couchais sur le sol et je pleurais. Je n'avais même pas la force de cuisiner ou de faire le ménage. Dès qu'il sortait et fermait la porte derrière lui, le noir me saisissait et je me laissais couler dedans, sans y opposer aucune résistance. Quand j'y repense, cela ne me rend pas triste.

Au contraire. Je ressens une certaine nostalgie pour cette époque où je n'avais plus de corps et plus d'âge. Il me semblait que j'étais retournée dans le ventre de ma mère, que je flottais dans une bienveillante obscurité et qu'au bout du tunnel, un jour, ma vie commencerait. Je n'avais plus de nom. Le monde entier m'avait oublié.

Je crois qu'il a eu peur que je devienne folle. J'avais maigri et je perdais mes cheveux par grosses poignées. Ça le dégoûtait, de trouver le matin l'oreiller couvert de cheveux bruns. Un jour, j'ai cogné ma tête contre la fenêtre. J'ai tapé aussi fort que j'ai pu mais la vitre ne s'est même pas fissurée. Mon front était violet, et un bourdonnement constant résonnait dans mon crâne. Il m'a emmenée chez le médecin. Il a convaincu l'infirmière qu'il devait m'accompagner jusque dans la salle de consultation, parce que j'étais craintive et que je parlais mal le français. Elle a eu l'air de le trouver gentil, attentionné. Le docteur a dit que j'avais besoin de repos, de vacances au soleil. Il m'a prescrit des vitamines pour les cheveux. Mon mari a demandé pourquoi je ne tombais pas enceinte. Le docteur a répondu quelque chose que je n'ai pas compris.

Mon mari craint les rumeurs. Il se tient au courant de ce qui se dit dans le quartier. Je l'ai entendu en parler au téléphone. Il se méfie d'un des gardiens d'immeuble, qui travaille pour la mairie et qui s'est mis à poser des questions. Depuis, il laisse les volets ouverts, et je passe une partie de mes journées à observer la cour et l'immeuble d'en face. Mon souffle crée de la buée sur les vitres et j'imprime l'empreinte de ma main sur la vapeur d'eau. En quelques secondes, elle disparaît. Parfois, j'ai l'impression que le dehors et le dedans se confondent. Je crains le passage des heures et, si je m'endors après le déjeuner, je me réveille toujours la poitrine enserrée par l'angoisse, comme si j'étais morte et que j'avais ressuscité. Je me mets à croire à des histoires que j'ai inventées, je ne fais plus la différence entre les rêves et les souvenirs. J'ai des conversations avec des objets.

Depuis le salon, je peux observer mes voisins d'en face. Je connais chaque trait de leurs visages. Je connais leur corps aussi ; les gens, par ici, ont l'habitude de se promener à moitié nus. Ils regardent la télévision en caleçon. Les femmes marchent devant leurs enfants en petite culotte. Au début, cela me gênait. La vue de ces cuisses grasses, de ces ventres aux muscles distendus. Ça ne me fait plus rien maintenant. Je les connais.

L'appartement du rez-de-chaussée est occupé par une vieille dame. Elle est presque chauve et d'une maigreur effroyable. Ses rideaux sont sales, sa cuisine est en désordre. Elle ne va presque jamais dans le salon. Une femme passe deux fois par semaine. Une grande Noire aux cheveux courts qui fait le ménage et les courses. Elle change les draps de la vieille. Elle pose une bouteille d'eau sur sa table de chevet. Parfois, elle s'assoit sur le lit et elle la fait manger. Quand il fait chaud, la vieille laisse sa fenêtre ouverte. Elle se couche, à moitié nue, et elle regarde la télévision. Elle met le son tellement fort que les gens se plaignent. Ils tapent à la vitre. Elle n'a pas l'air de comprendre. Elle n'a pas peur des passants, des voleurs, des hommes qui pourraient, en un seul geste, pénétrer chez elle et lui faire du mal. Parfois, je me dis qu'elle les attend, au contraire, comme une délivrance. Qu'elle espère que quelqu'un viendra lui tenir compagnie, qu'importe son mobile.

J'aime la famille du premier étage. Dommage qu'ils passent si peu de temps chez eux. Le matin, ils prennent le petit déjeuner ensemble. Le garçon, qui doit avoir dix ans, la fille qui en a à peine six ou sept et les parents. Ils ont toujours l'air pressés et, à 8 heures, ils quittent l'appartement comme on fuit un incendie. Ils laissent sur la table des bols à moitié remplis, des tartines dans lesquelles personne n'a croqué. Les enfants rentrent seuls de l'école. Ils passent l'après-midi devant la télévision. Le petit garçon monte sur un escabeau pour atteindre les verres et les bols et il prépare le goûter de sa petite sœur.

Une nuit, j'ai eu du mal à dormir. On était en été et il faisait terriblement chaud. Je me retournais dans mon lit. J'avais les jambes gonflées et un mal de crâne lancinant. Les ronflements de mon mari m'empêchaient de trouver le sommeil. Il avait bu. Ça lui arrive parfois, et ces nuits-là il dort plus profondément que d'habitude. Et il pue.

Je suis allée à la cuisine. J'ai bu un verre d'eau. Je me suis approchée de la fenêtre sur la pointe des pieds. J'ai tiré un coin du rideau et je les ai regardés. Là, en face de moi, le couple du premier étage faisait l'amour, debout contre la vitre de leur salon. Ils portaient tous les deux un tee-shirt et ils avaient les jambes nues. La femme avait le visage tourné vers la fenêtre, on aurait dit qu'elle me regardait. L'homme lui caressait les seins, il l'embrassait dans le cou et elle guidait ses mains. J'ai lâché le pan de rideau que je tenais serré dans ma main et j'ai couru dans la chambre. Cette nuit-là, je n'ai pas fermé l'œil. J'avais trop peur de rêver d'eux et que mon mari me surprenne. Je craignais de laisser voir, par un soupir, par un geste, ma honteuse excitation.

Le deuxième étage est inhabité mais depuis quelques jours il y a du mouvement. Des gens viennent visiter. Tous les matins, un homme en costume vient ouvrir les volets. Il fait un tour de l'appartement et puis il ressort. Il a de drôles de manières. Il porte des cravates colorées. Il a un écouteur vissé dans l'oreille. Mais ça je ne l'ai pas compris tout de suite. Avant, je pensais qu'il parlait tout seul. Qu'il faisait des grands gestes parce qu'il était fou.

Le soir, mon mari rentre du travail. Toute la journée, je l'attends. Il est le seul événement de ma vie. Il ne parle pas beaucoup. Je ne sais pas exactement ce qu'il fait. S'il travaille dans un bureau, s'il a des collègues. Je sais seulement que c'est dur et que c'est à lui que nous devons le pain que nous mangeons. Qu'il se sacrifie pour nous et pour la famille que nous allons former bientôt. Quand je l'ai vu pour la première fois, chez mes parents, je l'ai trouvé beau. Il était très mince, un peu timide, et quand il souriait, il découvrait une rangée de dents incroyablement blanches. Mes parents m'ont dit que j'avais de la chance, que je devais l'écouter.

Je mange à table avec lui. Je sais ce qu'il aime, maintenant, et j'essaie de lui faire plaisir. Ensuite, il regarde la télévision et il me laisse m'asseoir à côté de lui sur le canapé. Je ne comprends pas tout alors il m'explique. Il tend la main vers l'écran et il me montre toute la violence du monde. Il répète que, dehors, la vie est un enfer. Qu'une femme comme moi est une proie idéale pour tous les voyous qui rôdent autour de chez nous. Même la police n'y peut rien. Au contraire, les policiers seraient trop heureux d'attraper dans leurs filets une femme ignorante et sans papiers.

Avant de dormir, il prend une douche brûlante. Quand il ouvre la porte de la salle de bains, un nuage de vapeur envahit le couloir. Il veut que je l'attende dans le lit. Il est nu mais il ne me déshabille pas. Il ne regarde pas mon corps. Il attrape fermement mes hanches et me griffe à travers ma chemise de nuit. Il fait descendre ma culotte et il se couche sur moi. Je ne vois pas son visage. Il ne dit rien mais je sens son souffle chaud contre mon oreille. J'attends cela toutes les nuits. Je l'attends avec ferveur et avec impatience. Pas parce que je le désire, pas parce que ça me fait du bien. Mais il faut que vienne l'enfant. Il faut que mon ventre porte un petit. Je voudrais qu'il me pénètre indéfiniment, qu'il reste en moi jusqu'à ce que quelqu'un m'habite. Je suis sûre qu'alors tout changera. Il aura plus de tendresse et d'indulgence. Et moi, j'aurai un compagnon pour mes journées de solitude.

À travers la vitre, je parle aux arbres qui bordent l'allée. Je leur raconte mon enfance, le vert éclatant des prés, la clarté du ciel, le goût de la poussière qui m'emplissait la bouche. Je parle aux enfants qui jouent dans la cour et que leurs mères surveillent depuis les balcons. Je voudrais toucher leur peau, goûter, du bout de la langue, les petites perles de sueur qui coulent de la racine de leurs cheveux jusque dans leur cou. Parfois, je rêve que je suis un chien, un chat, un rat. Je n'ai pas assez vécu pour que les souvenirs suffisent à m'occuper. À force de journées solitaires, j'ai oublié les mots. J'essaie de penser, et mon esprit est désespérément vide. J'ai devant les yeux une immense tache blanche, je bégaie, je pose mes mains sur mes tempes, mais rien ne vient. Je ne sais plus quel est le nom des sentiments qui me traversent. Je confonds la peur et la faim, je ne fais pas de différence entre la douleur et l'envie de dormir.

Je ne peux pas vous dire grand-chose sur la cité des Rossignols. Je ne m'y suis jamais promenée. Les rares fois où je traverse ses rues, je dois garder les yeux rivés au sol. Masquer mon enthousiasme. Suivre, comme un chien, le maître qui me tient en laisse. Le samedi nous allons faire les courses dans le centre commercial. Au début, j'ai toujours les oreilles qui bourdonnent et je suis prise par une sorte de vertige. J'ai l'impression que je vais m'écrouler dans une de ces allées bruyantes et trop colorées, au milieu de cette foule qui m'ignore, qui ne sait pas que les femmes comme moi existent. Près de l'entrée, il y a un petit manège dont la musique m'oppresse. Avant d'entrer dans le supermarché, il arrive que des jeunes, habillés de couleurs criardes, nous tendent de petits papiers. Mon mari m'interdit de les prendre.

Je n'arrive pas à faire les courses. Je ne comprends pas combien coûtent les choses. Je le suis et, quand il me pose une question, je me contente d'acquiescer. Je suis toujours d'accord avec lui. Je devrais me réjouir de cette courte permission, de ce moment de liberté qu'il m'offre. Une fois, j'ai même pensé que ce serait une bonne occasion de m'enfuir. Que je pourrais me mettre à courir pendant qu'il fait la queue à la caisse. Je chercherais un visage amical, une femme sans doute, et je me jetterais

dans ses bras. Je raconterais ma vie, je supplierais
qu'on me sauve du piège où je suis enfermée. Mais
alors, je pense qu'elle me regarderait comme une
folle. Elle me repousserait, elle m'obligerait à des-
serrer mes doigts agrippés à sa robe. Et je verrais
mon mari apparaître devant moi. L'inconnue me
rendrait à lui. Elle dirait quelque chose comme :
« Surveillez-la mieux la prochaine fois » ou
bien : « Tenez, elle est à vous, reprenez-la. » D'une
telle déception, je ne me remettrais pas. Et puis, de
toute façon, ce lieu agit sur moi comme une subs-
tance hypnotique. Lorsque je pénètre dans le centre
commercial, il me semble que toute ma volonté
disparaît, que mon esprit s'affaiblit. Comme si je
tournais sur l'affreux manège de l'entrée, impuis-
sante et nauséeuse. L'envie de vomir me poursuit
pendant toute la promenade. Je suis révulsée par ces
odeurs qui se mélangent, le plastique des jouets, les
effluves piquants des détergents, le fumet brûlant
du pain ou les vapeurs d'alcool qui émanent d'une
bouteille de vin renversée sur le sol.

L'autre jour, on a croisé la famille du premier
étage. Quand je les ai aperçus, au bout d'une allée,
je n'ai pas pu retenir un petit cri. J'ai tourné le visage
pour que mon mari ne me voie pas sourire. La tête
me tournait. J'avais l'impression qu'ils étaient là pour
moi, qu'ils allaient s'approcher et entamer la conversation. « Vous êtes la voisine à la fenêtre, n'est-ce
pas ? » Ils me poseraient des questions, et mon mari
n'y pourrait rien. Mais ils ne se sont pas adressés
à nous. Ils avaient l'air pressés, comme ils le sont
tous les matins avant de déposer les enfants à l'école.
Le père criait, la mère parlait au téléphone en faisant

des moulinets avec ses bras. Ils sont passés devant nous. Ils ne savaient pas qui j'étais.

Un soir, quelqu'un a tapé à la porte. Ça n'arrive presque jamais. On ne reçoit pas de visite. Si quelqu'un sonne dans la journée, j'ai ordre de ne pas faire de bruit. On a frappé plusieurs fois. Mon mari a posé son doigt sur sa bouche. Il m'a fait signe d'aller dans la chambre. Je me suis assise sur le lit mais j'ai laissé la porte entrouverte. Il ne l'a pas remarqué. J'ai entendu une voix de femme. « Bonsoir. Pardon de vous déranger à cette heure-ci. Voilà, je m'appelle Paula, nous venons de nous installer en face avec mon mari. L'immeuble A, vous voyez ? Vendredi prochain, nous organisons une petite fête pour la crémaillère et nous serions très heureux si vous pouviez vous joindre à nous. » Je n'ai pas réussi à rester assise. J'étais debout, les mains sur la bouche pour m'empêcher de hurler. Mon cœur battait si fort que j'avais du mal à respirer. Je n'ai pas entendu ce que mon mari a répondu. La porte d'entrée s'est refermée, et mon mari est allé dans la salle de bains. Pendant que l'eau coulait, je tournais sur moi-même. Nous étions au mois de juin, dehors il faisait encore jour. Les enfants jouaient dans la cour après dîner. C'était bientôt les vacances. Je me suis couchée sur le dos, j'ai attendu qu'il vienne et, cette nuit-là, j'ai posé ma main sur son dos et j'ai légèrement caressé sa nuque. Je crois que ça lui a fait quelque chose. J'ai eu l'impression qu'il soufflait différemment, et ça m'a rendue heureuse. Je me suis mise à croire qu'il allait me récompenser.

Le lendemain, un camion s'est garé dans la rue. Une équipe de déménageurs a placé des petits cônes orange sur la chaussée pour bloquer la circulation.

Ils ont installé une grande machine qui permettait de hisser les meubles jusqu'à la fenêtre du deuxième étage. Je n'ai même pas déjeuné ce jour-là. J'ai passé la matinée à genoux, le front collé contre la vitre, à compter les cartons qu'ils hissaient sur la petite plate-forme. Puis il y a eu le lit, une grande table en bois et un joli berceau, comme ceux qu'on avait autre-fois. Un berceau blanc dont la peinture était un peu écaillée. Paula. Je connais son nom alors je lui parle. Elle a des cheveux blonds qu'elle attache en chignon sur le haut de son crâne. Elle porte une salopette en jean qui met en valeur son beau ventre rond. Elle a passé la journée à s'agiter. Elle a vidé les cartons, assise sur le sol. Elle a rangé la vaisselle dans les placards de la cuisine. Quand les déménageurs sont partis, ils se sont couchés sur le matelas. Ils n'ont même pas eu la force de mettre des draps. Ils se sont endormis, dans les bras l'un de l'autre. L'homme avait sa main posée sur le ventre de sa femme. Quand mon mari est rentré, ils dormaient encore.

Vendredi, ils sont sortis très tôt. J'ai passé la matinée à observer la rue, à les attendre. Je sursautais chaque fois que je voyais une voiture bleue s'engager sur le parking. Ils ne sont revenus qu'en milieu d'après-midi. Ils avaient fait des courses. Ils ont fait trois allers-retours entre leur appartement et la voiture. Dans la cuisine, ils ont déballé des dizaines de bou-teilles. Ils ont couvert la grande table en bois avec une nappe d'un rouge éclatant et ils l'ont poussée contre la fenêtre du salon. Paula a essayé de gon-fler des ballons. Ils ont passé des heures dans la cuisine, côte à côte. Ils coupaient des légumes. Ils se baissaient pour mettre des choses dans le four. Vers la fin de l'après-midi, Paula est allée prendre une douche. Elle est sortie de la chambre les cheveux mouillés. La serviette blanche qu'elle avait enroulée autour de ses seins était trop petite et on voyait dépasser son ventre rond.

Mon mari est rentré. Nous nous sommes mis à table pour dîner. On a entendu de la musique, et il m'a lancé un regard noir quand j'ai tourné le visage vers la fenêtre d'où nous parvenaient les bruits. Chez nous, il n'y a pas de place pour les chansons. Il est entré dans la salle de bains. Depuis la fenêtre de la chambre, je pouvais voir le salon de Paula. Il était plein de monde. Des gens fumaient des cigarettes au balcon. Une femme portait une longue robe verte dont les fines bretelles mettaient en valeur ses épaules bronzées. À cet instant, cette fête est devenue pour moi la chose la plus importante du monde. Plus rien ne comptait à part ça. Je ne saurais pas dire pourquoi, mais je ressentais la violente nécessité d'être là-bas, parmi eux. J'avais l'impression qu'ils me tendaient les bras, qu'ils m'attendaient. Mon salut viendrait d'eux et, une fois que j'aurais traversé la cour, une fois que j'aurais gravi les deux étages qui me mèneraient à l'appartement de Paula, je serais une femme libre. Je danserais sans rien dire, j'écouterais leurs histoires sans rien y comprendre.

Je ne dis pas ça pour me justifier. Je ne cherche pas d'excuses ou de circonstances atténuantes. J'essaie juste de me souvenir de l'état dans lequel j'étais quand j'ai plongé le couteau dans le cou de mon mari. Je n'ai pas pensé à ce qu'il m'avait fait subir. Je n'ai pas cherché à me venger des coups et des journées de silence. Je voulais aller à cette fête. C'est tout.

Alice ZENITER

Le Goût des fraises sauvages

C'est une famille qui se pense et se décrit souvent comme joyeuse. Ses membres se hasardent parfois à parler d'une atmosphère « festive » qui régnerait chez eux, mais généralement ils préfèrent user d'une référence à la joie car ils ont à cœur de n'utiliser leur vocabulaire qu'avec la parcimonie que demande la précision. C'est une famille dans laquelle, souvent, on décrète des apéros, des barbecues, des goûters d'anniversaire ou même de non-anniversaire parce que – répétons-le puisque eux-mêmes le répètent – c'est une famille joyeuse qui ne se laissera pas arrêter par des questions de dates, d'obligation à célébrer tel jour et à oublier tel autre. C'est le genre de famille dans laquelle on sort tous les ingrédients disponibles des placards pour improviser une recette de gâteaux dans un brouhaha troué de rires, le genre de famille dont les membres ont un peu de farine sur la joue quand ils ouvrent aux invités de dernière minute, le genre de famille qui chante des chansons en canon et sûrement les paroles sont d'eux, oui, mais du père ou des filles, c'est difficile à dire, parce que c'est le genre de famille où le langage tourne de bouche en bouche sans vraiment changer de forme, au point qu'il semble faire partie du patrimoine génétique, au même titre que la forme des yeux ou du menton.

C'est une famille qui, sur le plan matériel, a eu de la chance. Le père le murmure souvent, avec une humilité qui ne semble pas feinte, et personne ne comprend tout à fait ce qu'il veut dire. La maison où sont accueillis les invités est partiellement décorée des œuvres d'enfant des filles mais elle contient aussi une télévision à écran plat vaste comme une baie vitrée, une baie vitrée vaste comme une télévision à écran plat, un matelas à mémoire de forme dans chaque chambre, une baignoire en demi-cercle, des miroirs aux vieux cadres sculptés, un canapé crème aux dimensions de la pièce de vie. Le jardin n'est troué d'aucune piscine : le père trouvait ça vulgaire, tout ce bleu. Trop clair, trop chimique, publicitaire et commun. C'est une famille qui a eu de la chance et qui dispose maintenant d'un espace suffisamment vaste pour pouvoir décréter des fêtes sans jamais se sentir envahie.

Pourtant, c'est une famille minuscule. Une famille amputée. Ça aussi, c'est un mot qu'ils utilisent, eux, pour se décrire. Le père le dit : « Depuis que nous avons été amputés… » Les deux filles le disent aussi : « L'amputation a été brutale. » Ce qu'ils veulent dire par là, c'est que la mère est morte. Elle a été fauchée par une voiture alors qu'elle ramassait les déchets pendant une journée verte organisée par la commune le long de la départementale. Le conducteur fouillait dans sa boîte à gants à la recherche d'un CD des Who. Le gendarme l'a noté sur le PV. Il a fait une faute d'orthographe : le nom ne contient pourtant que trois lettres mais il a placé le « h » de l'autre côté du « o ». Le père ne sait pas pourquoi il s'en souvient mais il ne peut pas se défaire de cette image, l'écriture noire et maladroite – les Woh –, quand il pense à la mort de sa femme. Il pense à un groupe qui n'existe pas et il est triste, de l'absence de sa femme comme de l'absence des Woh, sauf que sa femme a existé, c'est ce qu'il se répète, rien ne pourra effacer les années qu'ils ont passées ensemble, il est marqué, il est changé, il est la preuve. En cela, il se sent à peine supérieur au matelas à mémoire de forme qui demeure dans leur ancienne chambre commune parce qu'il n'a pas eu le courage de le remplacer. Tous les deux, le père et le matelas, ont pris chacun à leur manière le pli de la mère, quand bien même elle ne serait plus là. Elle a existé, c'est une chose certaine. Et c'est toute la différence entre elle et les Woh.

C'est une famille qui a été capable de survivre à l'amputation, donc, à la conscience de son peu d'étendue et à la solitude installée au cœur d'elle-même, comme un scalpel oublié à l'intérieur du ventre par un chirurgien peu soigneux, avec la même pointe, le même tranchant, perdu dans les tissus rouges et qui se rappelle à chaque soubresaut. C'est une famille dans laquelle on sourit, bravement, on se lisse les cheveux et, quand on a envie de pleurer, pour se changer les idées, on décrète un barbecue du voisinage pour le soir même. Et ça marche. Ça a marché des années, ça marchera encore.

L'été dernier, pendant un barbecue, l'aînée des filles – la Fille 1 – a rencontré un garçon. Ou peut-être qu'elle ne l'a pas vraiment rencontré, peut-être qu'elle a été paresseuse parce que le garçon était très grand et que sa tête était la seule qui dépassait de la petite foule. Elle n'a pas eu à chercher des yeux ou à marcher au milieu des invités. Elle a accroché le regard le plus facilement accrochable – « la tête de gondole des regards », dit la Fille 2 avec une moue –, et puis, par une succession de mouvements et de paroles qui ne sont clairs pour personne, même pas la Fille 1, même pas le garçon très grand, et certainement pas le père ou la Fille 2, elle s'est approchée de lui et, à un moment, ils se sont embrassés. Depuis, il est de tous les barbecues, ou presque. Il est des apéros aussi. Moins souvent des goûters qui sont réservés aux voisins avec des enfants, même si ça n'a jamais été officiellement déclaré. Le garçon trop grand dit que ces moments sont des fêtes. Il dit que la famille est sacrément fêtarde, et le père tique à l'emploi de cet adjectif – il corrige parfois, « joyeuse », du bout des lèvres –, mais il comprend ce que le garçon veut dire. Il parle d'une certaine organisation du temps, d'une certaine portion de temps laissée à autre chose que le travail ou le repas. Il parle des heures passées à cuire de la viande, à s'affaler dans l'herbe et à trinquer. Il parle d'une propension à rassembler des chaises autour d'une table en lançant aux amis de passage : « Serrez-vous de ce côté-là, ça fera de la place à Michel. »

Le garçon dit que c'est une des raisons pour lesquelles il aime la Fille 1 : les fêtes qu'organise sa famille et qui le changent considérablement de ce qu'il a connu chez lui. Ses parents n'invitaient personne, et si un voisin venait d'aventure à sonner, son père ou sa mère se tenait toujours dans l'encadrement de la porte pendant la conversation pour bloquer l'entrée dans la maison. Et lui, depuis l'intérieur, il regardait dans les interstices laissés par le corps de sa mère ou de son père (interstices qui n'étaient pas les mêmes car son père était presque obèse alors que sa mère faisait du jogging) et il voyait partiellement le voisin, et partiellement la gêne du voisin qui se dandinait d'un pied sur l'autre en attendant qu'on l'invite à entrer, ce qui n'arrivait pas. Le garçon trop grand raconte qu'il a toujours rêvé d'une famille comme celle de la Fille 1.

— Fêtarde, il dit.

— Joyeuse, elle corrige.

Il hausse les épaules et, tout en transformant la mie de son morceau de pain en boulettes régulières, il se lance dans le récit d'un documentaire animalier qu'il a vu quelques jours plus tôt à la télévision sur la faune du désert. La Fille 2 se balance sur sa chaise. Elle a mangé des fraises et elle a, sur le col de son chemisier, une petite tache rouge, presque parfaitement ronde.

— Et jamais il ne rentre chez lui ? elle demande en regardant le garçon très grand.

— Laisse-le, répond la Fille 1.

Autour de la table, en plus des filles et du garçon, il y a un couple d'amis ou de voisins, ou peut-être même d'inconnus – c'est le genre de famille qui aime déclarer qu'ils ne font plus la différence – et un homme avec une barbe grise qui pourrait être le père d'un des adultes mais aucun trait physique ne permet de déterminer de qui.

— Si je veux, dit la Fille 2 au bout d'un temps.

Depuis le barbecue où il fait rôtir des morceaux brun et rouge, le père relève la tête. Il ne peut pas entendre l'échange de répliques à cause des grésillements mais il *sent* aux vibrations de l'air ou en regardant la position des corps que quelque chose cloche. Ça ne l'étonne pas. Il avait décrété un barbecue de midi pour chasser une noirceur qui l'avait saisi en fin de matinée mais il ne croit pas, au fond, que les noirceurs se chassent. Il pense qu'elles se déplacent et se reforment.

— Qu'est-ce qui se passe, choupette ? demande-t-il à la Fille 2.

Le garçon répond très fort, plus fort qu'il n'est nécessaire :

— Elle a un problème avec le fait que je sois ici.

— Ah bon.

La Fille 1 tient à expliquer à son père :

— C'est parce qu'elle est moche et que son mec l'a quittée.

La Fille 2 marmonne que c'est n'importe quoi avec une sorte de nonchalance destinée à montrer qu'elle n'a même pas envie de relever.

— Je le dis parce que c'est vrai, insiste la Fille 1 en adressant un grand sourire au reste des convives.

La Fille 2 se sent désormais obligée de donner sa version des choses :

— C'est parce que ton mec est con. Il mange d'une façon dégueulasse. Il raconte n'importe quoi sur les chameaux. Et il est beaucoup trop grand.

Le garçon soupire.

— C'est très intelligent de me le reprocher. Je mesure un mètre quatre-vingt-dix-huit. C'est vrai que je suis trop grand. Mais je n'y peux rien.

Le père commence à se dire que la station derrière le barbecue n'est vraiment pas pratique pour suivre ce qui se passe autour de la table. Il ne comprend qu'une phrase sur deux. Mais il ne peut pas non plus abandonner les grillades. Il demande, dans une tentative désespérée pour prendre part à la discussion :

— Qui raconte des choses sur les chameaux ?

— Moi, dit le garçon trop grand.

Mais la Fille 2 l'empêche de se consacrer au père. Elle répète, comme on glisserait un coup de pied sous la table :

— Un mètre quatre-vingt-dix-huit, c'est vraiment nul. Ce n'est même pas deux mètres. Ça ne sert à rien.

— Mais qui raconte quelque chose sur les chameaux ? insiste le père d'une voix qui ressemble presque à un glapissement.

En désignant son compagnon du doigt, la Fille 1 répond avec douceur et en articulant soigneusement :

— Il dit que les chameaux doivent connaître une grande paix intérieure à force de traverser le désert dans la solitude.

— C'est vrai, dit le père, soulagé qu'on lui adresse la parole de manière compréhensible.

— Ce n'est pas ce qu'il a dit, corrige la Fille 2.

Personne ne fait attention à elle. Un des membres du couple évoque un voyage en Égypte. « C'était avant », précise-t-il ou elle, entre l'évocation du masque de Toutankhamon et celle des pyramides : « Du temps de Moubarak. »

— Je suppose que les chameaux n'ont pas changé depuis la révolution, dit l'homme à la barbe.

Il y a quelques rires discrets. La Fille 2 n'a pas l'air de s'amuser. Elle boude et plonge les yeux dans un bol de mayonnaise. La surface du jaune gras de la sauce porte encore la trace des dents de la fourchette. On dirait une dune de sable suintant au soleil.

— Un mètre quatre-vingt-dix-huit ? demande le père au garçon – peut-être parce que les grésillements ne lui ont pas permis d'entendre le développement sur Le Caire. Et vous vivez ça comment ?

Celui-ci hésite et répond, le plus honnêtement possible :

— Pas très bien.

Il réfléchit pour donner une réponse plus développée. Une réponse qui ressemblerait à une anecdote sur l'Égypte. Une réponse de barbecue qui pourrait être partagée autour de la table de jardin.

— Déjà, gosse, j'avais l'air d'une montagne qui marche. Ma mère me maquillait en Incroyable Hulk pour le carnaval. Chaque fois. Dix ans de carnaval et dix ans de costume de Hulk. J'étais gentil. Tout le monde se foutait que je sois gentil. Alors j'ai commencé à détester tout le monde.

Tout en empilant les côtes de porc et celles d'agneau sur un plat de porcelaine, le père fait remarquer que, certes, ce n'est pas très agréable, mais que les enfants n'ont jamais été des modèles de *vivre ensemble*. Il évoque un camarade de classe qu'il avait l'habitude de martyriser mais, au moment de le raconter, il ne sait plus pourquoi. Peut-être un détail physique, peut-être les sonorités de son nom de famille. Ça lui échappe. Il ne revoit même pas ce gamin à qui il a quotidiennement pourri la vie. Et aucun matelas à mémoire de forme ne peut l'aider. Ce qu'il venait d'annoncer comme une des grandes hontes de son existence ne lui a laissé aucun souvenir. Il ne termine pas son histoire, esquive l'amnésie soudaine en reportant son attention sur l'amoureux de sa fille et en répétant de moins en moins fort qu'une grande taille, ça peut être pratique pour le travail, après tout, ça peut, c'est pratique, dans certains cas, pour le travail par exemple, hein.

— Quel travail ? demande le garçon soudain agressif. Policier ? Hôtesse de l'air ? Perchman ?

La Fille 1 lui pose sur le bras la main apaisante de celle qui sait à quel point le sujet est irritant. De l'autre côté de la table, la Fille 2 s'est décidée à plonger son doigt dans la mayonnaise sans attendre la viande. Après les fraises, ce n'est pas des plus heureux mais, au moins, elle s'occupe. L'homme à la barbe fait remarquer que, hors de toutes considérations physiques, il est très difficile de trouver du travail. Il y a « un chômage monstre », dit-il.

— Vous n'êtes pas au chômage ? demande-t-il au garçon trop grand.

L'autre reprend, plus calmement :

— Je suis à mon compte depuis quelques années maintenant.

Il y a une pause pour la distribution des côtelettes. Devant l'énorme quantité de viande soigneusement grillée par le père, quelqu'un dit : « C'est la fête, dis donc », et les autres approuvent – même si l'ambiance a rarement été aussi morose autour de la table de jardin.

— À votre compte pour quoi ? finit par demander l'homme à la barbe.

— Dans le BTP, *grosso modo*.

La Fille 2 ricane, sans que l'on sache si c'est par mépris de classe, par haine des acronymes ou pour masquer la gêne que lui inspirent les réponses floues. Une guêpe vole autour de sa tête, rendue folle par l'odeur de la viande. D'autres circulent prudemment sur la table, contournant les couverts et les plats à la recherche de gouttes de sang où plonger on ne sait quel appendice.

— Vous n'avez pas besoin de faire des travaux chez vous, par hasard ? demande le garçon trop grand à la cantonade. Je peux nettoyer des filtres de piscine. M'occuper du jardin. Laver les voitures.

Son regard balaie l'assemblée, le couple qui détourne la tête, le barbu qui lève les deux mains. Quand il se pose sur le père, celui-ci s'excuse poliment :

— Il y a déjà un jeune qui s'en occupe.

— Français ?

— Quoi ? Oui. Un Français. Enfin, un jeune, quoi.

— C'est bien.

— Pourquoi c'est bien ? demande la Fille 2.

Le garçon répond en incisant sa pièce de viande le long de l'os :

— Toutes les familles du coin donnent ce genre de boulot aux gitans.

La Fille 1 pose de nouveau une main sur son bras mais ce n'est plus pour l'apaiser.

— Ce n'est pas le moment, elle dit.

D'une secousse, le garçon chasse la main posée comme il le ferait d'une mouche. Il n'a même pas besoin d'un geste, à proprement parler, c'est plutôt une contraction musculaire.

— Bien sûr que c'est le moment. Je suis sûr que ça intéresse ton père. Il est dans les affaires, il s'y connaît en ressources humaines.

Le père hausse mollement les épaules pour signifier que non, pas tant que ça. À la rigueur la musique, oui. Les documentaires animaliers aussi. Mais les ressources humaines, bof. Ça n'a jamais été son truc. Il ne comprend même pas précisément ce que ça désigne.

— Mais si, insiste le garçon avec un enthousiasme mêlé de pédagogie. C'est une question toute simple. La question d'où va l'argent.

Maintenant, il sourit. Maintenant, la Fille 1 grimace. Maintenant, la Fille 2 a abandonné le bol de mayonnaise et savoure la scène.

— D'ailleurs, non, s'interrompt aussitôt le garçon. Vous savez quoi ? Oublions l'argent. C'est un argument mesquin. On s'en fout, de l'argent. C'est à propos de l'amour. C'est ça. C'est un discours amoureux. Nous, les Français, nous coûtons cher et nous refusons de nous vendre à prix cassé. C'est vrai ou pas ? Rien que pour acheter mon bras, du bout de mon ongle à mon épaule, il faut faire un emprunt auprès d'un organisme de crédits. Ça devrait être une fierté, de coûter cher. D'être des produits de luxe. Au lieu de ça, on veut nous faire croire que c'est de l'orgueil mal placé, on nous répète que ça entraîne des délocalisations, que si nous ne voulons pas travailler à moins cher, d'autres prendront notre place. Comme si nous nous ressemblions tous, comme si nous étions interchangeables.

Autour de la table, les convives se jaugent discrètement du regard pour mesurer l'étendue de leurs différences. L'homme à la barbe se demande s'il ressemblerait à ses voisins après un rasage. La femme et l'homme du couple d'amis essaient d'envisager une existence dans laquelle ils ne seraient plus la femme ni le mari de l'autre, ce que ça leur laisserait comme existence sociale, ce qu'ils ont pu construire ces dernières décennies qui n'appartienne qu'à eux. Ils s'abîment dans un silence paralysé. Les guêpes font ripaille sur la viande abandonnée par leurs couverts.

— Maintenant, tout le monde se brade, poursuit le garçon. Personne n'estime plus son apport dans le monde du travail. Ce n'est pas un problème d'argent, c'est un problème d'amour-propre. Nous faisons face à une crise d'amour-propre, à un déficit de confiance. C'est douloureux. Nous n'avons plus le droit de nous aimer. Nous avons honte de nous-mêmes. On nous dit : « Le repli sur soi, c'est la mort, à l'époque de la mondialisation. » Pourquoi ? Je veux avoir le droit de m'aimer. Je n'en ai pas honte, moi. Plus personne ne dit des choses tendres aux Français. Il n'y en a que pour les autres. Partout, à la télévision, à la radio. Les journalistes ne s'intéressent qu'aux autres. Et nous, les petits Blancs aux beaux yeux tristes, personne ne nous dit plus de choses tendres. Que nous avons le goût des fraises sauvages.

» Les autres, on leur passe tout. Pour se faire pardonner notre histoire, soudain devenue trop violente, on s'aplatit devant ces gens. Est-ce qu'ils nous remercient, au moins ? Est-ce qu'ils reconnaissent notre gentillesse ? Est-ce qu'ils voient nos beaux yeux tristes ? Non, ils nous crachent dans la main.

» Vous êtes allés au supermarché récemment ? Vous trouvez ça normal qu'il y ait des emballages sur lesquels notre langue n'apparaît pas ? Vous trouvez ça normal de vous sentir terriblement con dans une supérette de votre rue, dans votre pays, comme si vous étiez un analphabète ? Ils nous tiennent à l'écart de la nourriture.

» Il faut respecter la diversité culturelle, disent les journalistes et les bobos. Très bien. Moi, je suis d'accord. Mais que eux respectent notre culture, aussi. Ça ne marche pas que dans un seul sens. Est-ce qu'ils sont sensibles à la beauté eux, au moins ? Est-ce qu'ils la respectent ?

» Ils mendient dans le métro avec leur musique de merde. Ils repèrent une personne et ils la suivent de wagon en wagon, en jouant Madonna sur un violon cassé. Ils disent : "Pour la musique, pour la musique s'il te plaît" – mais ils assassinent la musique.

» Ils refusent de reconnaître que Cat Stevens était meilleur *avant* sa conversion.

» Ils disent qu'écouter Wagner, c'est *nazi*.

» Ce n'est pas possible.

» C'est toute notre identité que l'on attaque, peu à peu, par des concessions successives.

» Il faudrait les renvoyer chez eux, tous les rameurs de Méditerranée, les Chinois silencieux, les juifs et les jihadistes. Qu'ils nous laissent un peu tranquilles. Il faut que nous nous reconstruisions entre nous, dans le calme. Jusqu'à ce que nous nous sentions complets. C'est ça qui est important. C'est la plénitude. Nous avons le droit de nous aimer. Nous n'avons pas à avoir honte de nous-mêmes.

Les grillades ont refroidi dans le plat de porcelaine et, désormais, les herbes de Provence leur font comme de répugnantes petites moustaches. Le silence est total, même les ailes des guêpes ont cessé de se frotter l'une à l'autre.

— On pourrait mettre un peu de musique, suggère l'homme à la barbe. Pour faire repartir l'ambiance.

Le père se lève d'un geste mécanique. Il pivote autour de sa chaise en serrant fermement le dossier de sa main droite comme s'il avait besoin de cet axe pour accomplir un mouvement compliqué, presque dangereux. Il dit :

— Oui... de la musique. C'est une bonne idée.

Il fait quelques pas.

— Je vais mettre les Woh, murmure-t-il en faisant coulisser la porte de la baie vitrée.

Sa phrase n'a de sens pour personne, mais il éclate de rire.

— Sacrée fête, dit quelqu'un.

Les autres acquiescent.

REMERCIEMENTS

Chers lecteurs,

Nous tenons à remercier les équipes d'Univers Poche et tous nos partenaires solidaires de la chaîne du livre et de sa promotion, ayant permis à cette belle opération de voir le jour :

Pour l'aide juridique :
SOGEDIF

Pour les textes :
Les 15 écrivains

Pour la couverture :
Plantu

Pour la photocomposition :
Apex Graphic
Nord Compo

Pour l'impression et le papier :
Stora Enso France
International Paper
Maury Imprimeur
CPI Brodard & Taupin

Pour la distribution et la diffusion :
Interforum

Pour la promotion :

Outils de communication : Nicolas Galy,
Agence NOOOK / Les Hauts de Plafond

Radio : Europe 1 / RFM / RTL / OÜI FM /
NOVA

Presse : *L'Express / L'OBS / Le Point /
Télérama / 20 Minutes / Femme Actuelle /
Marianne / Psychologies / ELLE / Le Figaro
Littéraire / Society / LiRE / Libération / Grazia /
Livres Hebdo / Sciences et Vie / Point de Vue /
Le Parisien Magazine / CNEWS Matin /
L'Amour des livres*

Affichage : Insert / Mediagares / Metrobus /
Polyférence

Ainsi que :
Agence Blackbird / Agence OCulture /
Piaude Design graphique
Agence Cook and Com Sonia Dupuis
et ses partenaires / Web-TV prod /
La Recyclerie

Et tous les libraires de France !

L'équipe éditoriale des éditions Pocket

Vous découvrirez ici la liste de l'intégralité
de nos partenaires solidaires.

Composition et mise en pages
Nord Compo à Villeneuve-d'Ascq

Imprimé en France par

Maury Imprimeur
à Malesherbes (Loiret)
en octobre 2018

N° d'impression : 230805
S28641/02